E-Z DICKENS SUPERBOHATER KSIĘGA CZWARTA:

NA LODZIE

Cathy McGough

Stratford Living Publishing

CO MÓWIĄ CZYTELNICY...

PIĘĆ GWIAZDEK - RECENZENT AMAZON

"Po przeczytaniu części trzeciej po prostu musiałem zanurzyć się w tej części. Była pełna akcji. Uwielbiałam nowych ludzi, a także wyjątkowe dary, które wnieśli do zespołu. Wspaniale było też dowiedzieć się więcej o postaciach z poprzedniej części. Podobnie jak w poprzedniej części, było wiele zgrabnych akcentów, które wywołały uśmiech na mojej twarzy. Podobała mi się piosenka z Furiami i historia ze skałami. A ten epilog sprawił, że poczułam się jak w domu".

Spis treści

Dla codziennych superbohaterów.

"Nie możesz pokonać osoby, która nigdy
się nie poddaje".

Babe Ruth

PROLOG

Następnego dnia był dzień szkolny, ale w obliczu zbliżającego się końca świata ani E-Z, ani Lia nie zamierzały iść.

"Mam bardzo złe przeczucia", powiedziała Lia.

Była pora śniadania, a ona i E-Z były same. Sam i Samantha wciąż spali, podobnie jak bliźniaki Jack i Jill.

"Jakie złe przeczucia? - zapytał, wsypując do ust więcej płatków śniadaniowych.

"Pamiętasz, jak zeszłej nocy wydawało mi się, że coś słyszałam?

"Tak, ale powiedziałaś, że to był fałszywy alarm. Że dźwięki ucichły i wszystko wróciło do normy.

"Wróciło i nie wróciło. Trudno to wyjaśnić. Słyszałem, jak Rosalie mnie woła, a potem przestała. Nie próbowała ponownie, więc myślałem, że wszystko jest w porządku. Ale teraz martwię się, bo próbowałem się z nią skontaktować i nie mogłem. Nie odpowiedziała na żadnego z moich SMS-ów. Myślę, że powinniśmy pojechać i sprawdzić, co u niej. Tak na wszelki wypadek. Świadomość tego uspokoi mój umysł. W przeciwnym razie nie będę w stanie nic dzisiaj zrobić".

"Może śpi? Albo rozładowała jej się bateria w telefonie". Skończył szklankę soku pomarańczowego i odszedł od stołu. Włożył naczynia do zmywarki.

"Być może. Ale i tak chciałbym ją zobaczyć.

"Chodźmy ją odwiedzić, żebyś się uspokoiła - powiedział, dzwoniąc po taksówkę. "Mam nadzieję, że nas wpuszczą. W końcu nie jesteśmy krewnymi".

Przejechali przez miasto i zapytali o Rosalie w recepcji. Kobieta zapytała: "Czy jesteście rodziną?". Oboje odpowiedzieli, że nie. "Usiądźcie, proszę - powiedziała.

"Widzisz", szepnęła Lia. "Wyglądała na skrytą. Jakby coś ukrywała".

"Tak, też to widziałam. Ale może wyobrażamy to sobie, bo martwimy się o Rosalie. Możemy tylko czekać i starać się być zajęci. Jesteśmy tutaj i nie ruszymy się z miejsca, dopóki nie zobaczymy, że nic jej nie jest.

Minęło trzydzieści minut, a oni wciąż czekali i w miarę upływu czasu stawali się coraz bardziej niespokojni.

Lia wstała. "Nie mogę już dłużej czekać.

E-Z powiedział: "Whoa! Poczekaj chwilę." Usiadła z powrotem. "Dajmy im jeszcze trzydzieści minut, zanim wpadniemy w szał.

"Co to znaczy rzucić się na nich?" zapytała Lia.

"Ciągle zapominam, że nie jesteś stąd. To znaczy zaatakować coś z całej siły. W ostateczności. To oczywiście przenośnia. Chociaż niektórzy pracownicy poczty wzięli to dosłownie".

"Założę się, że gdybyśmy byli dorośli, już by z nami porozmawiali. Czasami nienawidzę być dzieckiem.

"Ma to swoje zalety - powiedział E-Z. "Spróbuj zagrać w grę na telefonie lub poczytać książkę. W ten sposób umilisz sobie czas, a oni będą bardziej pomocni, jeśli będziemy cierpliwi.

"Szkoda, że nie wziąłem słuchawek. Mogłabym posłuchać nowych utworów Taylor Swift".

"Masz - powiedział. "Możesz pożyczyć moje.

Minęło kolejne trzydzieści minut i E-Z spokojnie wrócił do lady. Lia została z tyłu, słuchając muzyki. Zerknął za siebie. Miała zamknięte oczy. Nawet nie zauważyła, że zniknął.

"Jakieś wieści o tym, kiedy możemy zobaczyć Rosalie? - zapytał.

"Przepraszam, ktoś wychodzi, żeby się z tobą zobaczyć. Wie, że tu czekacie. Kobieta kliknęła na klawiaturze. Kiedy E-Z nie ruszył się z miejsca, podjęła drugą próbę zachęcenia go do tego. "Rozmawiałam osobiście z kierownikiem. Jak tylko będzie mogła, to z tobą porozmawia. Proszę, dołącz do swojego przyjaciela. Machnęła ręką w kierunku Lii, która była zajęta rozmową przez telefon.

E-Z niechętnie wrócił do Lii. Obserwował, jak ludzie się przemieszczają. Niektórzy byli mieszkańcami, pchali chodziki. Kilku było na wózkach inwalidzkich, pchanych przez opiekunów, podczas gdy inni sami kręcili kółkami. Większość mieszkańców uśmiechała się w jego kierunku, kilku pomachało. Zastanawiał się, ilu z nich przyjmuje regularnych gości. Miał nadzieję, że większość.

Gdy drzwi otwierały się i zamykały, do jego nozdrzy docierał zapach obiadu, a w żołądku burczało. Zastanawiał się, jakie przysmaki serwują dziś mieszkańcy. Może rybę z frytkami. Może małe ciasto a la mode. Żałował, że nie zjadł większego śniadania, gdy Lia oddała mu słuchawki.

"Udało ci się coś przyspieszyć? Umieram z głodu!"

"Ja też, ale nie do końca. Powiedziała, że kierownik wkrótce do nas przyjdzie, ale nie rozumiem, dlaczego Rosalie po prostu nie przyjdzie i sama się z nami nie zobaczy. O co chodzi?

"Nie czuję jej obecności tutaj - powiedziała Lia. "To tak, jakbyśmy się rozłączyli. Muzyka pomogła mi na chwilę odwrócić uwagę, ale teraz znowu o tym myślę i jestem głodna. Nie jest to dobre połączenie.

"Słyszę cię - powiedział E-Z, gdy wysoka kobieta nosząca identyfikator dyrektora generalnego podeszła do nich i przedstawiła się.

"Nazywam się Eleanor Wilkinson i jestem tutaj dyrektorem generalnym. Uścisnęła im dłonie. "Rozumiem, że przyjaźnicie się z Rosalie. Czy odwiedzaliście ją tutaj wcześniej?

"Nie, nie byłyśmy tutaj - powiedziała Lia. "Ale jesteśmy z nią przyjaciółmi, bliskimi przyjaciółmi. I martwimy się o nią. Nie odpowiadała na moje SMS-y ani nie odbierała telefonu".

Pani Wilkinson powiedziała: "Przykro mi wam to mówić, ale Rosalie zmarła w nocy. Czekamy na przybycie jej najbliższych krewnych. Nie mieszkają w pobliżu.

"Przepraszam, że musieliście tak długo czekać. Ale musiałem z nimi porozmawiać, zanim porozmawiam z tobą. Rozumiesz. Mamy zasady, których musimy przestrzegać.

Lia opadła z powrotem na krzesło i zaczęła szlochać, podczas gdy E-Z wziął ją za rękę i siedzieli w ciszy przez kilka sekund, zanim zapytał: "Co się z nią stało?".

"Trwa dochodzenie - powiedział Wilkinson. "Przykro mi, ale nie mogę powiedzieć ci nic więcej. Chyba, że jesteś rodziną. Przykro mi z powodu twojej straty.

"Znaczyła dla mnie cały świat" - powiedziała Lia.

"Jak ją poznałaś?" zapytał Wilkinson. "Była wspaniałą kobietą. Kochana przez wszystkich. - Poznałyśmy się przez przyjaciółkę - skłamała Lia.

"Interesujące - powiedział Wilkinson - biorąc pod uwagę waszą różnicę wieku.

"Masz na myśli to, że ja jestem dzieckiem, a ona nie? To znaczy nie była" - zapytała gniewnie Lia. Wstała.

"Przepraszam, nie chciałam cię zdenerwować. Oczywiście, wielu tutejszych mieszkańców chciałoby mieć przyjaciół, z którymi mogliby porozmawiać.

Zwłaszcza dzieci o zainteresowaniach takich jak twoje, którym mogłyby opowiedzieć swoje historie na żywo. W ten sposób nie zostaną zapomniani, gdy odejdą".

"Zawsze będziemy pamiętać Rosalie - powiedział E-Z.

"Czy możemy się z nią pożegnać? zapytała Lia.

"Obawiam się, że to wykluczone. Mamy procedury. Ale jeśli zostawisz swoje dane, numer telefonu na biurku, możemy do ciebie zadzwonić. Poinformujemy cię, kiedy odbędą się odwiedziny i pogrzeb".

E-Z zostawił swój numer telefonu w recepcji. Już mieli wsiadać do taksówki, kiedy przypomniał sobie o książce.

"Poczekaj tutaj - powiedział. "Zaraz wracam.

Podszedł do recepcji.

"Przykro mi, ale nie możemy zaakceptować śmierci naszej przyjaciółki Rosalie. Nie, dopóki przynajmniej jedno z nas jej nie zobaczy. Pani Wilkinson powiedziała, że nie możemy wejść, ale czy mógłbym po prostu wskoczyć do pokoju? Nie zostanę tam długo. Więc mogę powiedzieć mojej przyjaciółce, że widziałam Rosalie i mogę potwierdzić, że już jej z nami nie ma? Tak wiele przeszła, straciła oczy i w ogóle. Ktoś, kogo zna i komu ufa, na pewno by ją uspokoił".

"Biedactwo. Rozumiem cię. Chodź ze mną - powiedziała kobieta. Kiedy znalazła się po drugiej stronie biurka, poprosiła kolegę, aby ją zastąpił. "Zaraz wracam - powiedziała.

E-Z podążył za nią w głąb serca domu seniora. Było tam jasno, nie przygnębiająco, jak słyszał, ale bardzo cicho. Prawdopodobnie dlatego, że wszyscy jedli lunch w stołówce. Żołądek znów mu burczał.

"Wszyscy są w jadalni - powiedziała kobieta, jakby wiedziała, o czym myśli. "To dzień ryby z frytkami z czerwoną galaretką i bitą śmietaną. Niezwykle popularny posiłek, na który każdy chce się załapać. W każdy inny dzień byłoby niemożliwe, aby cię wpuścić, ponieważ byłoby zbyt wielu ludzi.

"Na pewno ładnie pachnie - powiedział E-Z. "Dziękuję za twoją pomoc, naprawdę to doceniam.

Zatrzymała się i otworzyła drzwi.

"To jest pokój Rosalie. Poczekam tutaj. Masz dwie minuty lub mniej, jeśli ktoś mnie zauważy.

"Jeszcze raz dzięki - powiedział E-Z, gdy drzwi się za nim zamknęły. Pachniało dziwnie, jakby było tu ognisko. Rozejrzał się po pokoju w poszukiwaniu kamer. O ile wiedział, nie było żadnych.

Pod białym prześcieradłem ich przyjaciel był zakryty od stóp do głów. Podszedł bliżej, walcząc z chęcią ucieczki, ale musiał wiedzieć na pewno, zobaczyć to na własne oczy. Odsunął prześcieradło i patrzył, jak spada na podłogę niczym duch.

Natychmiast do jego nozdrzy dotarł zapach. Jak z grilla. Spalone ciało. Zobaczył zwisające ramię Rosalie, pokryte oparzeniami i pęcherzami. Co jej się stało? Kto jej to zrobił i dlaczego?

Odsunął krzesło i rozejrzał się po pokoju, który był nieskazitelnie czysty, bez śladów pożaru. To nie mogło stać się tutaj. Jeśli nie, to gdzie? Czy przenieśli ją do tego pokoju później?

Kobieta przy drzwiach zapukała. "Proszę, pospiesz się!" powiedziała.

Otworzył szufladę stolika nocnego. Była tam. Książka, o której mówiła im Rosalie. Ta, w której zapisała informacje o innych dzieciach.

"Czas minął - powiedziała kobieta.

E-Z schował książkę za plecami. Nacisnął przycisk otwierający drzwi i wrócili do recepcji.

"Dziękuję", powiedział. "Od mojego przyjaciela i ode mnie. Dałeś nam spokój. Daj nam znać, kiedy odbędzie się pogrzeb i odwiedziny. Jeszcze jedno, zauważyłem, że miała poparzenia na ciele. Czy jacyś inni mieszkańcy zostali ranni w pożarze?"

"Ojej" - odpowiedziała kobieta. "Nie wiem. Nie słyszałam nic o pożarze. Nie widziałam ciała; mam na myśli Rosalie. Powiedziano mi tylko, że zmarła. Nie wiem nic o szczegółach".

"W porządku - uspokoił ją E-Z. "Nic nie powiem. Doceniam wszystko, co zrobiłaś. Dziękuję.

"Nie było tu żadnego pożaru - powiedziała. "Nie włączył się żaden alarm. Nie wezwano wozów strażackich. Ojej.

E-Z pomachał i odsunął się od lady. Kobieta wciąż paplała do siebie. Uznał, że najlepiej będzie, jeśli się stamtąd wydostanie.

Kierowca pomógł E-Z wsiąść na tylne siedzenie obok czekającej Lii, a następnie schował jego wózek inwalidzki do bagażnika.

"Zajęło ci to wieki", narzekała Lia. "Co to jest?

Próbowała chwycić książkę, ale E-Z ją przytrzymał. Zauważył, że na liczniku było już więcej pieniędzy niż miał przy sobie.

"Nie można było temu zaradzić. Ukradkiem zerknąłem na Rosalie. I chwyciłem to. To książka, o której nam mówiła. Sprawdzimy ją, kiedy wrócimy do domu. Szepnął: "Masz jakieś pieniądze?".

Nie mieli wystarczająco dużo, by pokryć opłatę za taksówkę.

"Będziesz musiał poprosić mamę lub wujka Sama o pomoc - powiedział, gdy kierowca zatrzymał się przed domem.

Kierowca pomógł E-Z usiąść na krześle, podczas gdy Lia pobiegła do środka. Wyszła z wystarczającą ilością pieniędzy, aby pokryć opłatę za przejazd, a kierowca odjechał.

"Sam dał mi pieniądze.

"Czy zapytał, na co je przeznaczyłaś?"

"Nie, ale spodziewam się, że zapyta.

W środku Sam i Samantha krzątały się po kuchni. Próbowały w pośpiechu przygotować śniadanie, podczas gdy bliźniaki śpiewały im głodne okrzyki.

"Dlaczego nie jesteś w szkole? zapytał Sam.

"Wyjaśnię ci później. Uh, możemy pomóc?"

"Nie, ale dziękuję - powiedziała Samanta. Zaczęła karmić Jacka.

Sam skinęła głową i zaczęła karmić Jill.

E-Z i Lia poszli do jego pokoju i zamknęli drzwi. Alfred czytał gazetę.

"Rosalie nie żyje - wymamrotała Lia, po czym upadła na kolana i szlochała, podczas gdy E-Z objął ją ramieniem, a Alfred podbiegł do niej. Cała trójka przytuliła się do siebie i płakała tak długo, aż skończyły im się łzy.

"Co tam masz? zapytał Alfred.

"Wzięłam książkę.

Lia podniosła ją, po czym stanęła i przytuliła do piersi, jakby obejmowała przyjaciółkę, ale zamiast tego zobaczyła wszystko. Rosalie w Białym Pokoju. Furie w Białym Pokoju razem z nią. Płonące książki. Spadające półki. Wszędzie ogień.

Lia upadła na kolana.

"Była taka dzielna. Bardzo odważna.

"Widziałaś ogień? zapytał E-Z. "Co się stało?"

"Wiedziałeś o pożarze?"

Przytaknął.

"Dlaczego mi nie powiedziałeś?". Znała już odpowiedź na to pytanie. Chronił ją przed prawdą. "Kiedy dotknąłem książki, zobaczyłem wszystko. Rosalie była w Białym Pokoju. Furie były tam z nią. Chciały, żeby opowiedziała im o nas i innych dzieciach. Torturowały ją, ale się nie poddała.

"Dlaczego do nas nie zadzwoniła?

"Próbowała. Nie wiedziałam, że chodzi o życie lub śmierć. To minęło, więc myślałam, że wszystko jest w porządku.

"To nie twoja wina - powiedział E-Z.

"Umarła samotnie, pod półkami z książkami, a wokół niej płonęły książki. Nie zasłużyła na taką śmierć. Nikt nie zasługuje na taką śmierć. Szlochała w swoje dłonie.

"Biedna Rosalie - powiedział. "Mogła mnie wezwać. Zrobiła to wcześniej. Dlaczego mnie nie wezwała?

"Ponieważ naraziłaby cię na niebezpieczeństwo. Zginęła chroniąc nas.

"Więc Furie próbowały wydobyć od niej nasze imiona i imiona innych dzieci, a ona poświęciła się, by nas ocalić? By zachować nasz sekret. Jaką niesamowitą kobietą była Rosalie. Nigdy jej nie zapomnimy - nigdy - powiedział Alfred, walcząc ze łzami. "Zasługuje na medal. Medal honorowy.

"Poczekaj chwilę, może zablokowali jej możliwość dzwonienia do nas? powiedział E-Z.

"Wysłała mi SOS, ale robiła to już wcześniej. Raz to zrobiła, gdy w domu skończyła się herbata i chciała się wyżalić. Nie wiedziałem, że to SOS oznacza, że jej życie jest w niebezpieczeństwie.

"Nie mogłaś wiedzieć. Nikt z nas nie mógł. Nie możemy się obwiniać". Cała trójka zamilkła. "Poczekaj chwilę, spójrzmy na książkę.

"Jest w niej wszystko, co nam powiedziała. Pełna lista, ze szczegółami o wszystkich dzieciach, które są takie jak my. Dzięki Bogu, że Furie nie dostały tego w swoje ręce!"

"Hej, poczekaj chwilę!" powiedział E-Z. "Sam pomysł, że torturowali ją, aby dowiedzieć się informacji o nas i innych - oznacza, że Furie wiedzą, że wszyscy istniejemy. To oznacza, że te dzieciaki są tam same i nawet nie wiedzą, co ich czeka!

"Musimy dotrzeć do nich pierwsi. Ponieważ to tylko kwestia czasu, zanim - niezależnie od tego, jak się o nas dowiedzieli - dowiedzą się, gdzie są".

"A co, jeśli to pułapka, żebyśmy doprowadzili Furie bezpośrednio do nich? zapytał Alfred.

"Nie sądzę, żeby wiedzieli, gdzie nas znaleźć, w przeciwnym razie byliby tutaj, prawda?" zapytał E-Z. "To znaczy, mieli element zaskoczenia. Zabijając Rosalie, przechylili szalę. Dali nam znać, że coś wiedzą... prawdopodobnie po to, by namieszać nam w głowach, bo to my tu rządzimy. zapytała Lia. "Jak mamy się do nich dostać, nie wystawiając własnych rąk?"

"Hadz? Reiki?" zawołała E-Z. "Jeśli mnie słyszysz, potrzebujemy twojego wkładu i twojej pomocy.

POP.

POP.

"Wiecie coś o Rosalie? - zapytał.

"Tak, wiemy i jest to smutna, smutna historia do opowiedzenia - powiedziała Hadz, ocierając łzy skrzydłami. "Torturowali ją tutaj, w Białym Pokoju. A jakby tego było mało, całkowicie go zniszczyli i wszystko, co się w nim znajdowało. Wszystkie te piękne, skrzydlate księgi - przepadły. Rosalie, przepadła. Przepadły." Nie mogła już mówić z powodu szlochów.

"Tam, tam - powiedziała Reiki. "I to nie wszystko. Nie wiemy, co się stało z duszą Rosalie.

"Poczekaj, jej ciało jest w łóżku w jej pokoju po drugiej stronie miasta w domu seniora. Może jej dusza jest tam z nią?" zapytał E-Z.

Reiki powiedziała: "Czy masz coś zapieczętowanego, zamkniętego, od powietrza, od wszystkiego? Jeśli tak, proszę, idź i przynieś to natychmiast - potem pójdziemy i zobaczymy, czy dusza Rosalie jest z nią. Przekonamy ją, by weszła do pojemnika - tymczasowo - dopóki nie dowiemy się, gdzie jest jej Łapacz Dusz. Mam nadzieję, że Furie jej nie zabrały.

E-Z popędziła do kuchni, gdzie Sam i Samantha były zajęte karmieniem bliźniaków. "Mamy jeszcze ten duży termos?

"Tak, jest w szafce nad lodówką - powiedział Sam, po czym gruchnął do syna.

"Dzięki - powiedział E-Z, wracając do swojego pokoju. "Czy to ci wystarczy?"

Oboje musieli nieść pojemnik.

"Zaczekajcie! zawołał Alfred, w samą porę, by ich złapać, zanim Hadz i Reiki wyskoczyli. "Może ja mogę pomóc? Mam moc uzdrawiania. Weź mnie ze sobą. Pozwól mi spróbować. Proszę."

POP

POP

FIZZLE

Cała trójka zniknęła, lądując w pokoju Rosalie.

"Tam jest - powiedział Alfred, wskakując na łóżko, uważając, by nie nadepnąć na nią swoimi pajęczymi stopami. Używając dzioba, podniósł prześcieradło, podczas gdy Hadz i Reiki unosili się w pobliżu.

"Co on zamierza zrobić?" zapytała Reiki.

"Ciii - powiedział Hadz.

Alfred położył dziób na czole Rosalie i dotknął jej serca jednym ze skrzydeł. Nic się nie stało.

"Pozwól mi spróbować czegoś innego - powiedział łabędź. Tym razem zawisł nad ciałem Rosalie, z czołem przyciśniętym do jej czoła. Znowu nic.

"Starałeś się jak mogłeś - powiedział Hadz - teraz musimy zabezpieczyć jej duszę. Wyjdź, wyjdź, gdziekolwiek jesteś".

I tak po prostu dusza Rosalie podryfowała w ich stronę.

"Będziesz tu bezpieczna - powiedziała Reiki, gdy dusza została wciągnięta do pojemnika, a następnie pokrywa została mocno zamknięta.

POP.

POP.

FIZZLE.

"Udało ci się jej pomóc?" zapytała Lia, ale znała już odpowiedź po spojrzeniu Alfreda. Przytuliła go, "Jestem pewna, że starałeś się jak mogłeś."

"Naprawdę się starał - powiedział Hadz.

"Jej dusza jest bezpieczna, tutaj... nikt nie powinien jej otwierać. Musi być bezpieczna, dopóki Łowca Dusz nie będzie gotowy, by ją zabrać.

"Może powinieneś trzymać ją przy sobie? powiedział Alfred. "I dzięki, że pozwoliłeś mi spróbować.

W pokoju E-Z Trójka sformułowała plan zebrania pozostałych dzieci. Zdecydowano, że E-Z pojedzie do Australii, do Lachie - znanego również jako Chłopiec w Pudełku. Alfred wyruszy do Japonii, gdzie odbierze Haruto, chłopca porzuconego w lesie. Wreszcie, Lia podróżowała przez USA, aby odebrać Brandy, dziewczynę, która mogła powrócić do życia.

Ich misje były jasne - to, co zrobią, gdy tam dotrą, już nie. Inni byli w różnym wieku, pochodzili z różnych kultur i mówili różnymi językami. Niektórzy wymagali zgody rodziców, a inni nie.

"Zastanawiam się, co Rosalie im o nas powiedziała?" zapytała Lia.

"Możemy ich o to zapytać, gdy ich zobaczymy - zasugerował Alfred.

"W międzyczasie mamy bagaże do spakowania i planowanie do zrobienia. Pojadę tam na moim krześle, ale wy macie inne opcje. Zdecydujcie, co będzie dla was najlepsze i wprowadźcie swój plan w życie. Wierzę, że podejmiecie właściwą decyzję, a czas ucieka.

"Cieszę się, że to powiedziałeś - powiedziała Lia - bo nie jestem pewna, czy chcę tam lecieć samolotem. Myślę, że Little Dorrit może być najlepszą opcją, ale nie jestem pewna, czy będzie chętna. Poleci z jednym pasażerem, a wróci z dwoma."

"Ja też nie jestem pewien - powiedział Alfred. "Mógłbym tam polecieć z własnej woli, ale ponieważ Haruto jest dość młody, musiałbym mu towarzyszyć w samolocie, chyba że jego rodzice też by przylecieli. Poza tym muszę się martwić o złą pogodę, a to długa droga.

"Tak jak powiedziałem, zdecydujcie, co będzie dla was najlepsze. Alfredzie, jeśli zdecydujesz się lecieć samolotem - poproś Wujka Sama, by załatwił za ciebie szczegóły".

Trójka przygotowała się do zebrania wszystkich dzieci. Potem będą planować - pokonać te nikczemne Furie. Nawet jeśli będzie to ich ostatni plan w życiu.

ROZDZIAŁ PIERWSZY

AUSTRALIA

E-Z był pierwszym z zespołu, który opuścił Amerykę Północną. Lecąc po niebie na swoim wózku inwalidzkim, cieszył się wolnością, na jaką pozwalało mu otwarte powietrze.

Sam pomysł schowania wózka inwalidzkiego w samolocie przyprawiał go o dreszcze. Co jeśli się zgubi? Albo zniszczony? To nie było ryzyko warte podjęcia. Czy Batman porzuciłby swój Batmobil? Nigdy.

Chociaż był pewien, że będzie musiał wrócić samolotem z Lachie. Nie byłoby w porządku zmuszać dzieciaka do latania na własną rękę. Może zrobiliby dla niego wyjątek i pozwolili mu lecieć na wózku inwalidzkim? Warto byłoby o to zapytać. Przejdzie przez ten most, kiedy do niego dotrze. Poza tym nie chciał nawet MYŚLEĆ o jedzeniu w samolocie. Dzięki Bogu, że miał ze sobą spakowany lunch.

Grał w dodgemy z chmurami - i raz lub dwa razy przeleciał prosto przez nie. Ale musiał się skupić. W końcu Australia była po drugiej stronie świata.

Notatki Rosalie o chłopcu z pudełka nie były tak pomocne, jak miał nadzieję. Przeczytał o jego historii w Internecie. Rzeczą, która najbardziej go wyróżniała, było to, że chłopiec wolał teraz zwierzęta od ludzi. Miało to sens po tym wszystkim, przez co przeszedł.

Biedny dzieciak był tak zdruzgotany, kiedy go znaleźli, że zapomniał, jak się mówi. E-Z wiedział, że okrucieństwo istnieje na świecie, ale to było niewyobrażalne.

E-Z miał wiele pytań, na które miał nadzieję znaleźć odpowiedzi, np. gdzie byli rodzice Lachiego? Kto karmił i czyścił jego klatkę? Kto go tam umieścił? Dlaczego?

W artykule napisano, że wysłano reporterów, aby zrobili zdjęcia chłopca, aby zobaczyć, jak sobie radzi, ale zwierzęta nie pozwoliły im się zbliżyć. Nawet gdy próbowali użyć teleobiektywu. Sroki zaatakowały i zbombardowały ich. Obejrzał kilka klipów z atakami srok - to było jak coś z filmu Hitchcocka "Ptaki". W końcu jedna z srok odleciała z obiektywem reportera. Potem zostawili chłopca w spokoju.

E-Z miał nadzieję, że uda mu się zdobyć zaufanie chłopca. I że jego zwierzęcy przyjaciele też mu zaufają. Jeśli nie, jego podróż byłaby bezcelowa. Cóż, nie do końca bezcelowa, gdyby spotkał i porozmawiał z chłopcem. Czy będzie chciał pomagać innym po tym, jak został potraktowany? Tylko czas pokaże.

Leciał nad Oceanem Atlantyckim. Leciał tą trasą już wcześniej i właśnie tam po raz pierwszy spotkał Alfreda. Jego telefon w kieszeni zawibrował - spojrzał i zobaczył wiadomość od Lii.

"Chciałam cię tylko poinformować, że podróżuję z Little Dorrit".

"Zdecydowałaś się nie lecieć samolotem?

"Pojawiła się Mała Dorrit i jest w moim grafiku.

"Brzmi jak plan. Wysłał emoji z kciukiem w górę.

"Gdzie jesteś? - zapytała.

"Tuż nad Atlantykiem. Woda, woda i jeszcze więcej wody".

Rozłączyli się, a on przyspieszył, przekraczając Afrykę, gdzie zauważył Robben Island - więzienie, w którym przetrzymywano Nelsona Mandelę przez prawie trzydzieści lat.

Jego żołądek burczał; nie miał ochoty na kanapkę w plecaku. Zatrzymał się więc w Kapsztadzie i miał nadzieję, że będzie mógł użyć swojej karty bankowej, aby coś zjeść. Zauważył szyld miejsca sprzedającego "Tradycyjną rybę z frytkami" z brytyjską flagą i akceptującego karty bankowe. Zaniósł przygotowany posiłek i poleciał na szczyt Lion's Head. Po zjedzeniu posiłku, który był pyszny, zrobił sobie selfie, a następnie kontynuował podróż.

"Obudź mnie za dwie godziny", powiedział do swojego wózka inwalidzkiego, który zawibrował, a następnie przyspieszył. Kiedy obudził się ponownie, przekraczał Ocean Indyjski. Ogromna populacja gwiazd wokół niego sprawiła, że poczuł się mniej samotny. Jechał dalej, czując triumf, że jest już prawie na miejscu, gdy zobaczył słońce na horyzoncie, które pchało się po niebie, aby zapoczątkować nowy dzień.

I oto był tuż przed nim - dostrzegł wybrzeże Australii. Podekscytowany możliwością zobaczenia go na własne oczy, przyspieszył i ruszył w jego kierunku. Zdając sobie sprawę, że jest bardzo spragniony, sięgnął do plecaka i wyciągnął butelkę wody, którą opróżnił. Odłożył pustą butelkę z powrotem do torby, aby pozbyć się jej później, i chociaż nadal był dość pełny ryby i frytek, które zjadł wcześniej. Postanowił zjeść kanapkę z szynką i serem, którą zapakował mu wujek Sam.

Leciał nad Australią Zachodnią, teraz czując upał, zdjął bluzę i włożył ją do plecaka. Kontynuował podróż w głąb Outback na Terytorium Północnym, zastanawiając się, gdzie dokładnie powinien wylądować, gdy mały ptak z piórami w odcieniach błękitu podkreślonymi czarnym pierścieniem na szyi poleciał w jego stronę.

"Chodź za mną, E-Z", powiedziała. "Szukałam cię."

"Kim jesteś? - zapytał.

"Jestem wróżką strzyżykiem - odpowiedziała. "Chodź, on czeka.

Towarzyszyła im grupa myszołowów.

"Nie martw się - powiedziała wróżka. "To nasza eskorta.

Obserwował wyjątkową formę, w jakiej poruszały się białe paski myszołowów czarnodziobych. Słyszał o poezji w ruchu, teraz wiedział dokładnie, co oznacza to wyrażenie.

Potem zauważył chłopca. Był pod nimi i machał. E-Z odwzajemnił machnięcie. Poza tym, że siedział na grzbiecie wyjątkowo dużego ptaka, wyglądał jak każdy inny dzieciak.

"Witaj w Australii - powiedział. "Wkrótce zapadnie zmrok, więc podążaj za mną. A tak przy okazji, możesz mi mówić Lachie".

"Miło cię poznać, Lachie! Nie mogę się doczekać, aby zobaczyć więcej twojego wspaniałego kraju. Szkoda tylko, że nie mogę zostać dłużej.

"To są lasy Savanna - powiedział chłopak. "Oddychaj głęboko, a poczujesz zapach eukaliptusa.

"Tak, pachnie cudownie - powiedział E-Z.

Jechali dalej, przez kraj kamieni, przez rozlewiska i billabongi. W końcu dotarli do celu w The Outliers.

"To tutaj mieszkam" - powiedział chłopiec. "Park Narodowy Kakadu to największy lądowy park narodowy w Australii o powierzchni ponad 20 000 kilometrów kwadratowych. Mieszkam tu razem z roślinami i zwierzętami". Wróżka wylądowała na jego głowie. "Och, znowu jesteś zmęczony" - powiedział chłopiec z uśmiechem. Potem do E-Z: "Ona często potrzebuje podwózki".

Kiedy dotarli do miejsca, które przypominało kemping, chłopiec powiedział: "Witaj w moim domu".

"Dziękuję - powiedział E-Z. "Z pewnością przydałby mi się prysznic lub kąpiel i muszę się wysikać".

"Wykopałem szambo, tam za drzewem. Będziesz wystarczająco bezpieczny. Potem pokażę ci, gdzie jest wodospad, żebyś mógł się umyć".

"Wodospad, co? Są tam jakieś krokodyle?"

"Są tam krokodyle... ale przyzwyczaiły się do tego, że korzystam z wodospadu. Pójdę z tobą po raz pierwszy, jeśli chcesz?

"Nie, mam skrzydła i moje krzesło też. Odlecimy, jeśli usłyszymy silne pluski!".

"Goodo," powiedział najmłodszy. "Po prostu zawiśnij w spadającej wodzie - nie ląduj - i powinno być dobrze. W międzyczasie zbiorę trochę jedzenia na kolację. Jeśli będziesz potrzebować pomocy, po prostu krzyknij, a przybiegnę".

Gdy zbliżył się do wodospadu, zauważył znaki - wiele z nich z napisami NIEBEZPIECZEŃSTWO i OSTRZEŻENIE. Jeden z nich głosił, że w pobliżu znajdują się zarówno słonowodne, jak i słodkowodne krokodyle. Rany.

"Do góry, na szczyt!" - polecił swojemu krzesełku. Wszedł prosto do wody, twarzą do przodu i siedział tam, ciesząc się, gdy woda spadała na niego i wokół niego. Na początku było zimno, ale kiedy się przyzwyczaił, poczuł się dobrze.

Rozglądając się dookoła, pomyślał o emu, na którym spotkał go chłopiec. Wydawało się to dziwne, że ptak jego rozmiarów - z tymi ogromnymi skrzydłami nie był w stanie latać. Poczytał w Internecie o ptakach, które nie potrafiły latać. Zdziwił się, widząc na liście kiwi, emu, strusie, pingwiny, kazuary i rea. Przeczytał w Internecie, że DNA Ratites zmieniło się, więc teraz nie mogą latać. Czuł się trochę winny, że on, chłopiec, może latać, podczas gdy te piękne ptaki nie.

Kiedy był już czysty i w nowych ubraniach, wrócił do chłopca, który pracowicie przygotowywał posiłek.

"To jest kozia śliwka."

E-Z wziął kęs. Smakowała niesamowicie.

"To jest czerwone jabłko, a to czarne porzeczki".

E-Z zjadł wszystko i był zachwycony.

"To był nasz deser, muszę przygotować danie główne". Chłopiec kopał i kopał, po czym znalazł garnek, który był dla niego zbyt gorący. Kiedy zdjął pokrywkę patykiem, zapach tego, co ugotował, sprawił, że E-Z poczuła ślinotok.

"To są małże", powiedział chłopiec, kładąc trochę na liściu.

"Są naprawdę dobre. Nigdy wcześniej nie próbowałem małży".

Słońce spadało z nieba. "Czas spać - powiedział chłopak.

"Jeszcze raz dziękuję, że sprawiłeś, że poczułem się tak mile widziany. E-Z ziewnął. Do tej pory nie zdawał sobie sprawy, jak długo nie spał.

"Będziesz spał tam na górze - wskazał na drzewo, na którym znajdował się domek na drzewie i drabinka linowa prowadząca w dół. "Możesz wlecieć na górę, załóż hamulec, żebyś nie ruszał się przez sen. Mój pokój jest tam - wskazał na kolejne drzewo z liną prowadzącą w dół i domkiem na szczycie.

"Śpij teraz - powiedział Lachie. "Rano wszystko ustalimy.

ROZDZIAŁ DRUGI

JAPAN

Alfred mógł zostać podrzucony przez E-Z w drodze do Australii. Zamiast tego zdecydował się lecieć w tradycyjny ludzki sposób - samolotem.

Sam musiał trochę negocjować, aby przekonać linie lotnicze do zapewnienia łabędziowi trębaczowi miejsca w samolocie. Nie mówiąc już o miejscu w pierwszej klasie. Sam wykorzystał swoje znajomości w pracy, aby pomóc Alfredowi podróżować w dobrym stylu.

W kabinie, w słuchawkach i muszce, Alfred czuł się jak w domu. Był zrelaksowany, a personel pokładowy był uważny. Mimo to nie mógł się doczekać przybycia do Japonii. I poznać chłopca o imieniu Haruto.

Alfred miał plecak schowany w pobliżu, a w środku kilka przekąsek. Poczekał, aż naprawdę zgłodnieje, zanim sięgnął po woreczki z dzikim ryżem i selerem naciowym. Wraz z jedzeniem miał zapasową baterię do telefonu i kartę kredytową Sama z listem zgody na jej użycie.

Gdy patrzył przez okno na przelatujące chmury, myślał o Haruto. Według notatek Rosalie, był znacznie młodszy niż inne dzieci. I nie miała pojęcia, jakie są jego moce - zakładając, że miał moce.

Plan Alfreda polegał na tym, by najpierw wyjaśnić wszystko rodzicom Haruto i miejmy nadzieję, że ich przekonają. Następnie, gdy już potwierdzi swoją specjalizację, tj. jakie moce posiadał, wprowadzi ich w szczegóły dotyczące tego, w jaki sposób Haruto mógłby pomóc.

Najtrudniejszą częścią byłoby przekonanie ich, by pozwolili swojemu młodemu synowi na podróż za ocean. Zapłata nie była problemem - Sam powiedział, że powinien użyć do tego swojej karty kredytowej. Ale przekonanie ich, by zgodzili się, by łabędź zabrał ich dziecko do Ameryki Północnej, teraz wymagałoby przekonania.

Sam odchylił się do tyłu na siedzeniu, które się rozłożyło.

"Chcesz coś?" zapytała ładna stewardesa.

Dobrze, że ludzie potrafili go teraz zrozumieć. To znacznie ułatwiało mu życie, ponieważ nie potrzebował tłumacza.

"Filiżanka herbaty byłaby w sam raz" - powiedział Alfred. "W misce - dodał. "Trudno jest włożyć ten dziób do filiżanki.

Obsługa uśmiechnęła się. Chwilę później wróciła z miską, torebką herbaty, cukrem, mlekiem i kolejną miską chłodniejszej wody. "Na wypadek, gdyby herbata była zbyt gorąca - powiedziała.

"Rzeczywiście, bardzo troskliwe - powiedział Alfred.

Pozwolił herbacie ostygnąć i dalej patrzył przez okno. Miło było móc usiąść i cieszyć się widokiem. Bez martwienia się o podmuchy wiatru, śnieg, deszcz czy drapieżniki.

W końcu wypił herbatę z odrobiną mleka i cukru, po czym zasnął.

Obudził go komunikat, że obsługa przygotowuje pasażerów do lądowania. Przespał cały lot!

Przez okno miał pełny widok na lotnisko Haneda. Wokół niego widział mnóstwo świeżej trawy, którą mógł zjeść. Spróbował trochę, a ryż i seler zachował na później.

Dalej w oddali widać było zarys najwyższej góry w Japonii - Fuji. Sam miał rację, siedzenie po lewej stronie samolotu było najlepszym miejscem, aby zobaczyć to, co było znane jako serce Japonii.

"Czy wiesz, że na piątym piętrze jest taras widokowy? Stamtąd możesz mieć lepszy widok na górę Fuji" - powiedział Alfredowi steward.

"Chciałbym mieć więcej czasu, ale dziękuję. Może w drodze powrotnej".

Obsługa pozwoliła mu opuścić samolot jako pierwszemu. Ustawili się w kolejce, aby się pożegnać, jakby był gwiazdą rocka.

Ponieważ Alfred miał tylko torbę podręczną, a łabędzie nie kwalifikują się do paszportów, wyszedł z lotniska, by znaleźć taksówkę.

Przed podróżą sprawdził w Internecie, jak wynająć taksówkę w Japonii. Informacje mówiły, że powinien szukać czerwonej naklejki w prawym dolnym rogu przedniej szyby taksówki. Ta czerwona naklejka potwierdzała, że taksówka jest dostępna do wynajęcia.

Kiedy znalazł jedną z naklejką, był bardzo szczęśliwy. Podleciał do otwartego okna i podał kierowcy karteczkę używając dzioba. Notatka wskazywała, dokąd musi się udać. Kierowca był miły i nie miał nic przeciwko przewiezieniu łabędziego pasażera. Nacisnął przycisk na kierownicy, który otworzył tylne drzwi, aby Alfred mógł wsiąść. Kierowca zamknął drzwi i ruszyli w drogę.

Haruto i jego rodzina mieszkali w drugim co do wielkości mieście Japonii, Jokohamie. Chociaż próbował podziwiać widoki, w tym panoramę miasta, myślał tylko o tym, jak przekonać Haruto i jego rodzinę do zaangażowania się w walkę z Furiami.

Telefon w jego plecaku zawibrował. Sięgnął do środka; to była wiadomość od E-Z.

"Teraz z Lachie. Jak sobie radzisz w Japonii?"

Pisał na klawiaturze dziobem, czego sam się nauczył, podróżując samotnie do Japonii. Był też szybki i nie robił wielu literówek.

"Taksówka jest już prawie w Jokohamie. Mam nadzieję, że wkrótce dotrę do domu Haruto".

E-Z wysłał mu emoji z kciukiem w górę.

Syn Alfreda uwielbiał budować roboty Gundam. W Jokohamie budowano gigantycznego robota. Kiedy zostanie ukończony, będzie miał 59 stóp wysokości, odkrył, czytając o tym w Internecie. Jego syn chciałby odwiedzić Japonię i go zobaczyć. Odkąd zmarli, Alfred starał się o nich nie myśleć, bo to go smuciło. Dziś jednak, tutaj w Japonii, postanowił zobaczyć wszystko, co mógł, tak jakby jego rodzina była tuż obok niego. Życie było zbyt krótkie, nawet jako łabędź, by ciągle się smucić.

Kierowca zatrzymał się przed domem z ogrodem i schodami z kwiatami po obu stronach balustrady. Kierowca otworzył drzwi i Alfred wyszedł. Wszedł po kilku schodach, zatrzymał się i przekąsił trawę, której było pod dostatkiem po obu stronach schodów. Powietrze było chłodne i pachnące, a prywatny ogród z przodu domu był piękny. Prawie na szczycie zauważył, że frontowa część otaczająca dom była bardzo zachęcająca, z wodotryskiem w kształcie sowy po lewej stronie w pobliżu wejścia. Jednak sam dom miał wszystkie rolety zaciągnięte, jakby nikogo nie było w domu. Miał nadzieję, że ktoś go przywita. Miał ochotę coś przekąsić i trochę odpocząć.

Zapukał w drzwi dziobem. Głos wydobył się z pudełka na środku drzwi, którego nie mógł dosięgnąć bez wzbicia się w powietrze - co też uczynił.

"Mam na imię Alfred - powiedział.

Drzwi otworzyły się i starsza kobieta zaprosiła go do środka. Podążył za nią, zastanawiając się, czy ktoś z zespołu skontaktował się z rodziną, aby przedstawić się przed jego przybyciem.

Podążał za nią, a jedynym słyszalnym dźwiękiem był odgłos jego błoniastych stóp uderzających o drewnianą podłogę. Wnętrze domu było pełne drewna, a pachnące orchidee wypełniały powietrze. Starsza kobieta zaprowadziła go do salonu, który był wypełniony meblami, głównie skórzanymi. Żaluzje z tyłu domu były otwarte - podziwiał widok na bujną zieleń w ogrodzie. Wskazała mu krzesło, a on usiadł na nim.

Dopiero się rozgościł, gdy kobieta wróciła do pokoju z tacą wypełnioną parującą gorącą herbatą i kilkoma ciastkami. Wyglądało to prawie tak, jakby się go spodziewała - albo to, albo czajniki w Japonii gotują się znacznie krócej.

Za nią stał mały chłopiec, który trzymał się jej nogi i chował się za nią. Chłopiec był w odpowiednim wieku, aby być Haruto, ale po przeczytaniu, że nie należy nazywać Japończyków po imieniu bez pozwolenia. Od czasu do czasu chłopiec zerkał na Alfreda, po czym znów się chował. Wyglądał na najwyżej cztery lub pięć lat i miał na sobie koszulkę Optimus Prime, krótkie spodenki i kapcie na stopach.

"Lubisz Optimusa Prime'a?" zapytał Alfred.

Chłopiec uśmiechnął się, po czym wrócił do swojej kryjówki.

Kobieta odpędziła go, by mogła podać herbatę.

Alfred miał ustawionego tłumacza na swoim telefonie. Przeczytał słowa powitania na ekranie i powiedział: "Kon'nichiwa". Przeprosił za słabą wymowę.

"On jest Brytyjczykiem", powiedział chłopak, a kiedy to zrobił, starsza kobieta chrząknęła.

Alfred był zaskoczony tym, jak dobrze ten młody chłopak mówił po angielsku. "Mówisz po angielsku. I tak, jestem. Mądrze, że zauważyłaś mój akcent".

Tym razem chłopiec spojrzał na kobietę, zanim się odezwał. Przytaknęła.

"Ojciec i matka są w pracy - powiedział. "To jest moja Sobo" (co w tłumaczeniu oznacza babcia) "a ja nazywam się Haruto."

"Witaj - powiedziała kobieta, również po angielsku. "Powinieneś wrócić później.

"Nazywam się Alfred. Mogę mówić do ciebie Haruto?" Chłopiec skinął głową, a potem do kobiety: "Jak mam się do ciebie zwracać?".

"Sobo," powiedziała, "wszyscy nazywają mnie Sobo, ponieważ jestem babcią Haruto, jestem babcią wszystkich. Jest szczęśliwy, że może się mną dzielić.

Alfred skinął głową, "Bardzo miło mi poznać was oboje."

"Czy Rosalie cię przysłała?" zapytał chłopiec.

"Pamiętasz Rosalie?" zapytał Alfred. Bardzo się cieszył, że łączy ich ta znajomość - chociaż wiedza o tym, że Haruto mówi po angielsku mogła zaoszczędzić mu trochę zmartwień. Niemniej jednak postanowił pójść za radą kobiety i wstał, aby wyjść.

"Mój ojciec pracuje w pobliżu - powiedział Haruto.

"Muszę znaleźć gdzieś nocleg. Możesz polecić jakieś miejsce w pobliżu?"

Babcia Haruto podała Alfredowi adres wraz ze wskazówkami, jak dotrzeć tam pieszo.

"Zadzwonię do naszego przyjaciela, który zarządza hotelem. Pomoże ci się zadomowić, a później możesz dołączyć do mojego syna w kawiarni".

"Dziękuję - powiedział Alfred.

Spacer do hotelu był krótki i cieszył się świeżym powietrzem. Spróbował nawet japońskiej trawy, która smakowała całkiem nieźle i wypił kilka łyków z fontanny.

Pokój był mały, ale miał wszystko, czego potrzebował, był wyjątkowo czysty i dobrze wyposażony. Na stoliku nocnym stała lampka z podstawą w kształcie sowy. Włączył ją i wyłączył, zauważając, jak świecą się oczy. Wziął prysznic, przebrał się w inną muszkę, a następnie udał się do kawiarni, gdzie miał spotkać się z ojcem Haruto.

Jego telefon zabrzęczał; to była wiadomość od E-Z.

"Jak Japonia?"

"Fajnie", odpisał używając dzioba do pisania. "Spotkałem Haruto i jego babcię. Mówią po angielsku.

Jest bardzo nieśmiały, ale znał Rosalie. Był wyraźnie młody - może cztery lub pięć lat. Przekonanie jego rodziny, by pozwoliła mu przyjechać do Ameryki Północnej, może być trudne.

"Rosalie wiedziała, że ma moce - ale tak, jest młodszy niż myślałem" - powiedział E-Z. "Dobrze, że mówią po angielsku. Gdzie teraz jesteś?

"Idę do kawiarni spotkać się z ojcem Haruto. Przy okazji, Rosalie chyba nie miała czasu zaktualizować lub uzupełnić swoich notatek o Haruto. Mówiła o nim jako o dziecku.

"Nie jestem pewien, jak bardzo powinniśmy się martwić na tym etapie, ale czytałem w Internecie, że Furie mogą przybrać dowolną formę. Po prostu dzielę się tą informacją. Ponieważ nie możemy ich rozpoznać, jeśli się o nas dowiedzą, musimy być ostrożni".

Alfred wysłał emoji z kciukiem w górę.

"Muszę już iść - powiedział E-Z.

ROZDZIAŁ TRZECI

ZŁE SNY

E-Z spał i budził się. To znaczy, widział sufit nad swoim łóżkiem, czuł materac podtrzymujący jego plecy. A jednak, w jego głowie wrzeszczały trzy banshee:

"Powiedz nam, gdzie jesteś!".

"Powiedz nam!"

"Powiedz nam TERAZ!"

"Nieeee!" krzyczał.

Wtedy nad jego głową na suficie pojawiło się lustro. Ale osobą, która się w nim odbijała, nie był on sam. Zamiast tego był to jego wujek Sam. A w odbiciu jego wujek Sam krzyczał i wił się z bólu.

"Wujek Sam jest w naszej jaskini!" krzyknęła pierwsza czarownica.

"I już nigdy z niej nie wyjdzie!" - rzuciły zgodnie dwie pozostałe.

Następnie cała trójka wybuchła śmiechem, jakiego nigdy wcześniej nie słyszał. Dźwięki były podobne do hien, gardłowe, zwierzęce.

"Mów!" zażądały złe wiedźmy i szturchały Wuja Sama, jakby był kawałkiem mięsa przygotowywanym przed pieczeniem.

"E-Z - powiedział Wujek Sam drżącym głosem, jakby jego ciało znajdowało się w jego odbiciu. "Cokolwiek chcą, nie dawaj im tego. Bez względu na to, co mi zrobią, nie poddawaj się.

"Jeśli go skrzywdzisz - powiedział E-Z - ja, ja...

"Powiedz nam, gdzie jesteś, gdzie oni wszyscy są, a my go wypuścimy - zaśpiewali razem głosem, który nie wydawałby się nie na miejscu w Hadesie.

"Wszystko, czego potrzebujemy, to wskazówka lub dwie - powiedział drugi.

"Powiedz nam, kto jest kim" - powiedział pierwszy.

"Albo pozbędziemy się wiesz kogo - powiedział trzeci.

Potem się roześmiali. Ich głosy w jego głowie sprawiały, że wszystko go bolało. Ale on tylko śnił. Musiał się obudzić - TERAZ.

"Ahhhhhhhhhhhhhhhhhhhhhh!" krzyknął Wujek Sam.

Więcej śmiechu.

E-Z obudził się i szybko zdał sobie sprawę, że jest w Australii z Lachie, a nie w domu we własnym łóżku. Sprawdził swój telefon, ale miał tylko jedną kreskę. Sprawdzał tak długo, aż miał wystarczająco dużo kresek, by zadzwonić do Wujka Sama. Upewnić się, że nic mu nie jest. Że to był tylko koszmar i nic więcej.

Pod domkiem na drzewie słyszał, jak Lachie się porusza. Prawdopodobnie robił śniadanie. Dobrze było zobaczyć życie tego młodzieńca. Jak pozbierał się do kupy po tym wszystkim, co przeszedł. Ludzie byli dość niezwykli.

Cokolwiek Lachie gotował, pachniało smakowicie i w pierwszej chwili miał ochotę polecieć tam i opowiedzieć mu o swoim koszmarze. Jednak coś z tyłu głowy podpowiadało mu, by zachować to dla siebie - na razie. W końcu Furie nie mogły wiedzieć, gdzie mieszkał. Gdzie oni wszyscy mieszkali. Ponownie sprawdził paski w telefonie - tym razem nie było nawet jednego paska. Włożył go do kieszeni i poleciał na dół.

"Dobrze się wyspałeś? zapytał Lachie, przelewając łyżką płyn z garnka stojącego nad ogniem do miski.

E-Z przyjął ją. "Miałem dziwny sen, ale poza tym tak. Jest tam przyjemnie. Dzięki, że byłeś tak gościnny.

"Nie martw się. Jest tu wiele duchów. I nieznane ci dźwięki. Jeśli chcesz porozmawiać o śnie, nie krępuj się - powiedział Lachie.

"Może później.

"Dobra, idź i zagłęb się. Mam nadzieję, że lubisz grzyby.

"Uwielbiam je - powiedział E-Z, wkładając do ust dużą ilość gorącej, parującej zupy. "Jest bardzo dobra.

"Och, poczekaj chwilę, zapomniałem o tłumiku - to chleb". Otworzył folię aluminiową, która leżała na środku paleniska i rozerwał ją na ćwiartki, dając E-Z pierwszą część.

"To najlepszy chleb, jaki kiedykolwiek jadłem! Jak nauczyłeś się tak gotować?"

"Nauczyli mnie miejscowi. Cieszę się, że ci smakuje.

Siedzieli cicho, a słońce uśmiechało się do nich z nieba. E-Z starał się nie myśleć o swoim koszmarze. Wyciągnął telefon z kieszeni i ponownie sprawdził bary. Ledwo jeden. Uwielbiał technologię - kiedy działała.

"Teraz, gdy masz już pełny brzuch, porozmawiajmy o tym, dlaczego tu jesteś - powiedział Lachie. "Przede wszystkim o tym, jak mogę ci pomóc.

E-Z nie odezwał się, zamiast tego ponownie spojrzał na swój telefon z nadzieją w sercu. Lachie nie wydawał się tym przejęty, ponieważ odrywał kolejny kawałek amortyzatora. W końcu wziął się w garść i skupił swoją uwagę na tym, co miał do powiedzenia.

"Przepraszam, moje myśli były milion mil stąd.

"To żaden problem. Chcesz więcej amortyzatora?

"Nie, nie trzeba. Po pierwsze, chciałbym wiedzieć, co Rosalie powiedziała ci o naszej trójce. Mam na myśli Alfreda, Lię i mnie.

"Tak, powiedziała mi wszystko o waszej trójce. To było tak, jakby była tu ze mną i opowiadała mi bajkę na dobranoc. Im więcej mówiła, tym bardziej chciałem cię poznać i ci pomóc.

"Cieszę się, że chcesz pomóc. Pozwól jednak, że najpierw przedstawię ci szczegóły, zanim się zaangażujesz. To nie będzie łatwa droga dla żadnego z nas".

"Nie boję się wyzwań - powiedział Lachie. "Co Rosalie powiedziała ci o mnie?

"Szczerze mówiąc, nie powiedziała mi zbyt wiele, ale czytałem o tobie w Internecie. Czy kiedykolwiek dowiedziałeś się, co stało się z twoimi rodzicami?

"Nie i nie chcę tego robić. Jestem tu szczęśliwa, samowystarczalna. Nikogo nie potrzebuję".

"Każdy potrzebuje przyjaciół - powiedział E-Z.

"Może.

"Czy Rosalie powiedziała ci o Furiach?

"Nie, ale powiedziała, że pewnego dnia wezwiesz mnie, gdy będziesz potrzebować mojej pomocy w walce ze złem. I wspomniała o Furiach, o których już słyszałem.

"Naprawdę? Co słyszałeś?" zapytał E-Z.

"Rdzenni mieszkańcy, od których za każdym razem uczę się czegoś nowego, wiedzą wszystko o Furiach. Celowali w oryginały, próbując je ukarać i wypychając je z ich ziem.

"Lachie wstał, nalał trochę wody do ognia i upewnił się, że całkowicie zgasł.

"Ja osobiście uważam, że zło musi istnieć, aby dobro mogło przetrwać - ale musi istnieć jakiś kodeks - a oni go nie przestrzegają. Wszystko, co robią, robią dla własnego przetrwania, a to nie jest sposób na życie.

"To mądre słowa jak na dzieciaka w twoim wieku - powiedział E-Z. Po tym, jak to powiedział, poczuł się trochę zakłopotany, jakby za bardzo starał się być mądry, będąc starszym z nich. "Masz chyba siedem lub osiem lat, mam rację?

"Myślę, że tak, ale co do mojego prawdziwego wieku nie jestem pewien. Kiedy mnie znaleźli, nie znaleźli żadnych dokumentów, które by to potwierdzały. Zgaduję, że kiedy mój głos zacznie się zmieniać, będę miał lepszy pomysł". Zaśmiał się.

"W międzyczasie możesz wybrać swój wiek - zasugerował E-Z.

"Tak jak ja wybrałem swoje imię - powiedział Lachie. "W każdym razie, cokolwiek chcesz, żebym zrobił, wchodzę w to.

"To, co dzieje się z Furiami, to to, że używają Internetu. Znasz się na internecie, tak?

"Wiem. Mają wi-fi w bibliotece. Uwielbiam czytać. Mitologia jest całkiem fajna. Sci-fi też."

"Furie używają gier online dla wielu graczy, aby usidlić dzieci. Większość dzieci gra w gry, w tym ja" - powiedział E-Z.

"Gry to marnowanie czasu" - powiedział Lachie. "Tego nauczyli mnie rdzenni nauczyciele. Życie jest zbyt krótkie, by marnować je na bezcelowe rozrywki".

"Wszyscy jednak kochają gry" - powiedział E-Z. "Mógłbym podać ci liczby na całym świecie, ale najważniejsze jest to, że Furie wykorzystują to zjawisko. To tak, jakby każdy dzieciak, który gra, dał im dostęp do swoich serc i umysłów".

"Jak to?"

"Aby awansować w grze, musisz wykonać listę zadań. To jedyny sposób, aby przejść dalej w grze. Gdybyś nie zrobił tego, o co cię poproszono, gra nie miałaby sensu. A jednak to, o co jesteś proszony, wielokrotnie jest niezgodne z prawem w prawdziwym życiu".

"Wbrew prawu! Na przykład co?" zapytał Lachie.

"Na przykład zabijanie.

Lachie potrząsnął głową.

"To gra, więc robisz to, co musisz, aby przejść do następnego poziomu".

"Ok, chyba rozumiem. Zadaniem Furii było karanie tych, którzy popełnili zbrodnie i pozostali bezkarni. Przekręcają ten mandat, aby skrzywdzić dzieci grające w wyimaginowaną grę".

"Zgadza się, Lachie. Dokładnie. A kiedy dzieci umierają, kradną ich dusze.

"Po co?"

"Słyszałeś kiedyś o Łowcach Dusz?

"Nie - powiedział Lachie.

"Kiedy umierasz, twoja dusza ma miejsce wiecznego spoczynku. Nazywa się to Łowcą Dusz. Ale te dzieciaki nie mają umrzeć, gdy Furie je zabiorą, więc nie czeka na nie Łapacz Dusz.

"Skąd to wszystko wiesz?" zapytał Lachie.

"Archaniołowie nie tylko mi powiedzieli, ale i pokazali. Byłem w moim Łapaczu Dusz kilka razy. Wezwali mnie tam. Nie wiedziałam nawet, jak to się nazywa, dopóki to wszystko się nie wydarzyło. To nie jest coś, czym ludzie powinni się przejmować. Większość myśli, że idziemy do nieba lub piekła.

"Skoro twój łowca dusz był gotowy, a ty jesteś tylko dzieckiem, to dlaczego ich dusze nie są gotowe?

"Dobre pytanie. Nie pomyślałem o tym wcześniej. Chyba założyłem, że jestem wyjątkowym przypadkiem - powiedział E-Z. "Ale wiem, że archaniołowie coś spieprzyli. Coś, o czym nie chcą mówić. Może dlatego potrzebują naszej pomocy, aby to naprawić.

"Jak oni to robią? Tego właśnie nie rozumiem.

"Nagięli zasady, mając nadzieję na przejęcie kontroli nad wszystkimi Łowcami Dusz. Kiedy umieramy, nasze dusze powinny trafić do tego, który czeka na nas po śmierci. Nie powinny być zbywalne. Jeśli będą kontrolować je wszystkie, każda dusza nie będzie miała dokąd pójść. Spowoduje to chaos w życiu pozagrobowym. Więc teraz, kiedy już wszystko usłyszałeś - nadal w to wchodzisz?

"Tak, zdecydowanie. Poza tym, nie ma tu nic lepszego do roboty. Powinienem być ciekawą przygodą".

"Jeśli mam być w stu procentach szczery", powiedział E-Z, "to nie będzie łatwe. Będziesz narażać swoje życie razem z nami. Ale będziemy się nawzajem wspierać.

"Wygramy!"

"Mam taką nadzieję, ale najpierw musimy wymyślić, jak się tam dostaniemy. Wujek Sam ma dla nas kilka biletów lotniczych. Musimy je odebrać na najbliższym międzynarodowym lotnisku. Zarezerwował je."

"Nie ma potrzeby!" powiedział Lachie. "Mam własny transport. Włożył dwa palce do ust i zagwizdał.

Przez kilka minut nic się nie działo.

"R---R---R---RRRRRRRRRRRRRRRRR." "Co to było?" zapytał E-Z.

Lachie stał bardzo nieruchomo, gdy drzewa przesuwały się i poruszały szeptem.

Następnie E-Z usłyszał trzepot skrzydeł. Cokolwiek nadlatywało, miało gigantyczne skrzydła.

Następnie stworzenie przedarło się przez listowie drzew. Nie byłoby to nie na miejscu w żadnym z filmów o Harrym Potterze.

"Czy to smok?" zapytał E-Z.

"To Aussiedraco - odpowiedział Lachie. "Znany również jako pterozaur, więc jest miejscowy. Powiedział do smoka: "Dzień dobry kolego" i poszedł się z nim przywitać. Ogromne łuskowate stworzenie opuściło głowę. Lachie pogłaskał go, po czym wskoczył mu na grzbiet.

"Chodź E-Z, na co czekasz?"

"Uh, mam własny transport."

Lachie odrzucił głowę do tyłu i zaśmiał się.

"HAR-HAR-R-R-R!"

dołączyło stworzenie.

"Ma na imię Baby - powiedział Lachie. "Wskakuj, bo Baby chce cię zabrać na przejażdżkę, a czego Baby chce, to dostanie.

"Ale moje krzesło!"

Baby wyciągnął swoją długą szyję i podniósł E-Z. Bez krzesła rzucił go na plecy. E-Z chwycił się Lachie, a Baby wyskoczył w powietrze.

"Uważaj na drzewa!" krzyknął E-Z.

Lachie i Baby roześmiali się.

Lecieli przez kilometry czerwonego piasku.

Wkrótce E-Z przestał się bać.

Przelecieli nad kilkoma formacjami skalnymi, z których jedna wyglądała jak leżący Homer Simpson. Następnie zobaczyli Uluru, ogromny czerwony monolit.

Spędzili cały dzień, latając nad Australią i podziwiając widoki.

"Lepiej wracajmy" - powiedział Lachie. "Musimy się dobrze wyspać, zanim wyruszymy do Ameryki Północnej i spotkamy się z resztą zespołu.

"Brzmi jak plan - powiedział E-Z, teraz coraz bardziej ciesząc się jazdą i pragnąc, by nigdy się nie skończyła. Nie spadłby, miał skrzydła, gdyby ich potrzebował - ale wiedział jedno na pewno, latanie na Baby to było życie.

Zastanawiał się tylko, gdzie będzie ją trzymał, gdy wrócą do domu. Smok był zbyt duży, by zmieścić się w garażu. Poradzi sobie z tym problemem, gdy przekroczy most. Może gdyby on i Mała Dorrit zostali przyjaciółmi, mogliby razem spać?

"Nie martw się o mnie - powiedziała Mała.

E-Z spojrzał na nią z przymrużeniem oka.

"Tak, potrafię czytać w myślach. Nie przez cały czas i nie u wszystkich" - powiedziała Baby. "Sama zorganizuję sobie miejsce do spania. A co do Małej Dorrit, cóż, jednorożce i smoki zwykle się nie dogadują, ale byłabym skłonna spróbować".

Dziecko podrzuciło ich i odleciało w noc.

E-Z pamiętał o Wujku Samie, ale był zbyt zmęczony, by cokolwiek z tym zrobić. Zadzwoni do niego rano. Oczywiście wszystko będzie dobrze.

ROZDZIAŁ CZWARTY

WYLOT Z OZ

Następnego ranka, gdy E-Z i Lachie przygotowywali się do podróży, rozmawiali i lepiej się poznali.

"Muszę naładować telefon i zadzwonić do wujka Sama. Chciałbym zrobić pit stop, aby zrobić obie te rzeczy zanim opuścimy Australię".

"Nie ma problemu, bo ja też chciałbym zabrać kilka rzeczy. Możemy zrobić wszystko w tym samym czasie. Ja zrobię zakupy, a ty naładujesz telefon i zadzwonisz do wujka. Coś, o czym powinienem wiedzieć?

"Miałam dziwny sen. Sprawia, że chcę go sprawdzić, żeby się niepotrzebnie nie martwić".

"W porządku - powiedział Lachie, chowając kilka rzeczy do gotowania, aby były bezpieczne do jego powrotu. "Na pewno będę tęsknił za tym miejscem.

"Wiem, za przyjaciółmi też, ale poznasz nowych i wszyscy sprawią, że poczujesz się jak w domu. Poza tym wrócisz, zanim się obejrzysz".

"Właśnie to mnie martwi. Co jeśli nie będę chciała wrócić? Co jeśli przyzwyczaję się do ludzi w pobliżu? Do bycia rozpieszczanym udogodnieniami? Przerwał, gdy dwie sroki wylądowały po jednej na jego ramionach. Ptaki dziobały go lekko w uszy, jakby coś do niego szeptały. Lachie uśmiechnął się i odleciały.

"Co powiedziały?" zapytał E-Z.

"Tak naprawdę nic. Powiedziały tylko, że mnie kochają i będą za mną tęsknić. Kruk zleciał w dół i wylądował na jego ramieniu. "To mój towarzysz, Erroll.

"Miło mi cię poznać Erroll - powiedział E-Z. "Jak to się stało, że zostaliście przyjaciółmi?

Lachie zaśmiał się. "Zabawne, że o to pytasz. Errol jest z nami od bardzo dawna. W rzeczywistości jego dziadek wiele razy był zwierzakiem kogoś, kto może być twoim dalekim krewnym. Jeśli jesteś spokrewniony z Charlesem Dickensem?".

E-Z pochylił się, kiwając głową. Lachie zdecydowanie miał teraz jego pełną uwagę.

"Charles Dickens miał kruka, który nazywał się Grip. Zgodnie z opowieściami przekazywanymi przez lata, to właśnie Grip zainspirował Edgara Allana Poe do napisania jego najsłynniejszego wiersza zatytułowanego Kruk".

"Wow, ale super!" wykrzyknął E-Z.

"Ptaki są bardzo inteligentne. Podobnie jak rdzenna starszyzna, która wzięła mnie pod swoje skrzydła, gdy po raz pierwszy przybyłem na odludzie. Nauczyli mnie czytać i pisać, przygotowywać jedzenie. Nauczyli mnie także, jak rozpoznawać i unikać trującej flory i fauny.

"Każdego dnia uczę się czegoś od stworzeń, które spotykam i z którymi rozmawiam. Mówią, że w dawnych czasach każdy mógł rozmawiać ze zwierzętami - nie tylko ja - ale coś się zmieniło. Uważają, że stało się to w naszych mózgach, ale to, co stało się ze wszystkimi innymi, nie stało się ze mną".

"Skąd wiedzieli, że jesteś inny?

"Mówią, że słyszeli o mnie, kiedy się urodziłem i kiedy stałem się chłopcem w pudełku. Zanim jeszcze się urodziłem, plotki o mnie krążyły szeptem po całym świecie. Czekali na mnie, tak mi mówili przez długi czas.

"Jak długo?" zapytał E-Z.

"Nie chcę zabrzmieć głupio, ale mówią, że Mozart o mnie wiedział - miał szpaka i żył w XVII wieku. To nowsza historia. Przed nim można to prześledzić wstecz do Werglllusza w 70 r. p.n.e. Czy wiesz, że miał muchę?".

"Naprawdę? Mucha - zwierzę domowe?"

"Rozmawiałem z muchą, która była spokrewniona z Wergiliuszem - nazywał się Leonard, w skrócie Leo i wszystko potwierdził". Lachie podniósł doniczkę i schował ją w krzakach wraz z kilkoma innymi rzeczami. "Rozmawiałem też z krewnym papugi

Andrew Jacksona. Ptak Jacksona nazywał się Pol - był prezentem dla jego żony - i był samcem, ale ponieważ jego krewna była samicą, nazywała się Polly. Miała dziwne poczucie humoru!"

"Na to wygląda. Uh, mam nadzieję, że będziemy mogli porozmawiać więcej, ale muszę zapytać cię o twoje specjalne moce - i powinniśmy wkrótce wyruszyć w drogę, to znaczy, jeśli masz wszystko bezpiecznie schowane.

Lachie skinął głową: "Jasne. Prawie gotowe. Muszę tylko zabezpieczyć jeszcze kilka rzeczy. W międzyczasie, może najpierw opowiesz mi o sobie.

"Widziałeś już mnie i moje krzesło w akcji - tak, potrafimy latać. Moje krzesło ma specjalne moce, oprócz latania może również chwytać przestępców i ma smak krwi. Jesteśmy parą, moje krzesło i ja, jak Batman i jego Batmobil".

"Super!" powiedział Lachie. "Ale to trochę dziwne z tą krwią".

"Nie wiem, kto to powiedział, ale moje krzesło zdaje się z tym zgadzać. Zamiast pozwolić jej kapać na ziemię, zbiera ją.

"Naszą pierwszą akcją ratunkową była mała dziewczynka - uratowaliśmy ją przed potrąceniem przez samochód. Potem uratowaliśmy samolot pełen pasażerów. Nie chcę się przechwalać i jestem pewien, że rozumiesz sedno. Pomagając innym, odkryłem, że jestem teraz super silny, podobnie jak moje krzesło. Aha, i jesteśmy kuloodporni".

"Masz na myśli, że ludzie do was strzelali?"

"Tak, mieliśmy kilka sytuacji z bronią. Teraz twoja kolej."

Moją najbardziej niesamowitą mocą jest to, co już widziałeś - mogę rozmawiać z dowolnymi stworzeniami. W rzeczywistości wczoraj, kiedy myślałeś, że rozmawiasz z Baby, cóż, w pewnym sensie tak było, ale gdyby mnie tu nie było, mówiłaby bełkotliwie. Ona komunikuje się z tobą przeze mnie. Jestem jak sieć, sieć bezpieczeństwa. Mogę ją zamknąć lub otworzyć, w zależności od tego, co zdecyduję.

"Kiedy byłam w klatce, zwierzęta siedziały na zewnątrz i gadały. Czasami myślałem, że się ze mną komunikują, ale potem myślałem, że może zwariowałem. Pewnego razu karaluch wleciał przez kraty mojej klatki i powiedział, że może pomóc mi się wydostać, jeśli tego chcę.

"Fuj, nienawidzę karaluchów. Ale nigdy nie słyszałem o latających karaluchach".

"W rzeczywistości są całkiem inteligentne i mają ogromny instynkt przetrwania - mam na myśli, że zjedzą wszystko".

"Szkoda, że nie zjadły ludzi, którzy wsadzili cię do tego pudła. E-Z zastanowił się przez chwilę. "Dlaczego nie pozwoliłeś mu spróbować cię uratować? Przecież nie miałeś nic do stracenia".

"Jakie jest to stare powiedzenie, że lepiej diabła, którego znasz?"

"Rozumiem, więc nie bałaś się ludzi, którzy cię przetrzymywali?

"To tak naprawdę nie było pudełko - to była klatka. Ale brzmi lepiej, jeśli nazywają to pudełkiem. Poza tym nigdy mnie nie skrzywdzili. Karmili mnie i poili. Wymieniali gazety. I tak naprawdę nigdy nie widziałam, kim są, bo nosili maski".

"Nie rozumiem, dlaczego w ogóle cię tam trzymali.

"Tego chyba nigdy się nie dowiem. I nie kręciłem się w pobliżu, aby uzyskać odpowiedzi, kiedy mnie wypuścili.

"Jak to się skończyło?"

"Przygotowali dla mnie pokój w tym samym domu. Wysłali miłą panią, żeby się mną opiekowała. Nigdy nie wychodziłem poza dom. To było dla mnie zbyt przerażające.

"Czy byłeś w stanie rozmawiać? To znaczy, jeśli byłeś w klatce na zawsze, to czy masz wspomnienia z przeszłości? Twoich rodziców?"

"Nie lubię o tym rozmawiać. Przeszłość to przeszłość. Nie mogę jej zmienić. Zawsze patrzę w przyszłość. Ale nie urodziłem się w klatce. Czasami wydaje mi się, że pamiętam, jak chodziłem do szkoły. Ale to mógł być sen. Czasami trudno odróżnić jedno od drugiego".

E-Z przypomniał sobie, żeby zadzwonić do Wujka Sama.

"Jak więc skończyłeś tutaj, żyjąc ze zwierzętami i będąc w stu procentach samowystarczalnym? Chyba nie tęsknisz za ludźmi?".

"Nie możesz tęsknić za tym, czego nie pamiętasz. Jeśli chodzi o zwierzęta, to nie ja je wybrałem, to one wybrały mnie. Przyszły do domu, jakby wiedziały, że nie jestem już w klatce i czekały, aż wyjdę. Wiedziały już, że potrafię z nimi rozmawiać, rozumieć je - ale ja nie wiedziałam, że potrafię, dopóki nie spróbowałam. Wtedy cały świat stanął przede mną otworem i musiałam stać się jego częścią. Nie byłem już sam. Wtedy zaproponowali, że mnie zabiorą i zapewnią mi bezpieczeństwo. Teraz jesteś na bieżąco z historią Lachie".

"To niesamowita historia. Rozmawiasz ze zwierzętami. Coś jeszcze odkryłeś?"

"Cóż, tak. Ale to całkiem nowe.

"Opowiedz mi o tym."

"Lepiej będzie, jeśli ci pokażę".

"Dobrze - powiedział E-Z.

Patrzył, jak Lachie wstaje i idzie w kierunku pobliskiego drzewa eukaliptusowego. Przez sekundę stał jeszcze obok drzewa, po czym zrobił krok do przodu, tak że stanął przed jego grubym, zniszczonym przez warunki atmosferyczne pniem. Potem zniknął.

"Co się stało?

Lachie przeszedł na drugą stronę drzewa, po czym znów oparł się o pień.

"Więc jesteś niewidzialny?

"Nie, przyjrzyj się uważniej. Odsunął się od drzewa. "Obserwuj moje oczy.

E-Z tak zrobił i mógł zobaczyć oczy Lachiego w pniu drzewa, ale nie mógł zobaczyć Lachiego. "Poczekaj chwilę - powiedział E-Z. "Rozumiem. To kamuflaż - jesteś kameleonem. Wow!"

Lachie roześmiał się, po czym wrócił na swoje miejsce.

"Jak to odkryłeś? To naprawdę fajna moc. Możesz wtopić się praktycznie wszędzie i nikt się o tym nie dowie!".

"Po jakimś czasie życia ze stworzeniami - nie widząc żadnych ludzi - pewnego dnia przeszła tędy grupa wędrowców. Pobiegłem wspiąć się na drzewo i ukryć, ale nie miałem wystarczająco dużo czasu - więc po prostu zatrzymałem się przy pniu drzewa i pozostałem nieruchomo. Przeszli obok mnie, jakbym nie istniał. Nie mogłem tego rozgryźć. Ptak wylądował na moim ramieniu, a wąż wpełzł mi na nogę. Mogły mnie zobaczyć, ale ludzie nie. Wtedy wiedziałam, że jestem kameleonem".

"Jakie to uczucie? Kiedy przechodzisz w tryb kamuflażu?"

"Nie czujesz się inaczej. To się po prostu dzieje.

"Super. Cóż, czy chcesz wiedzieć o reszcie zespołu i jakie umiejętności wnoszą do stołu?"

Lachie skinął głową.

"Polubisz Lię. Jest niewidoma. Jej oczy są w dłoniach i może widzieć teraźniejszość, umysły niektórych ludzi, a czasami może zajrzeć w przyszłość, co się wydarzy. Ta część jej mocy wydaje się rosnąć. Oczywiście jest też kwestia wieku. Kiedy spotkaliśmy się po raz pierwszy, miała siedem lat, a teraz ma dwanaście".

"To naprawdę fajne - powiedziała Lachie. "I słyszałem, że jej matka i twój wujek Sam są...".

"Nie masz nic przeciwko, jeśli pójdziemy. Samo usłyszenie imienia Sam sprawia, że mój niepokój znów rośnie.

"Nie martw się - powiedział Lachie. Gwizdnął, a Baby przyleciał i polecieli do najbliższego miasta, gdzie Lachie zabrał kilka rzeczy, E-Z podłączył swój telefon do ładowarki, a kiedy był wystarczająco naładowany, natychmiast zadzwonił pod numer Sam.

Nie było odpowiedzi, zamiast tego połączenie przeszło prosto do poczty głosowej Sam. Spróbował zadzwonić do Samanthy, a ona od razu odebrała. "Cześć, tu E-Z, czy wujek Sam jest dostępny?".

"Jasne E-Z, tylko sekundę." Kilka szeptów. "Cześć, dzieciaku - powiedział Sam. "Gdzie teraz jesteś, lecisz już nad oceanem?

"Sprawdzam tylko, czy wszystko z tobą w porządku - powiedział E-Z. "Jeśli tak, powiedz słowo kodowe".

"Sponge Bob Kwadratowe Majtki" - powiedział Wujek Sam.

"Dzięki Bogu - powiedział E-Z. "Miałem dziwny sen, że Furie cię porwały".

"Mamy kilku przyjaciół i właśnie przygotowujemy się, by usiąść i zanurzyć kilka rzeczy w fondue.

Mamy czekoladę z owocami, ser i warzywa oraz ser z chlebem i mięsem. Mamy spory wybór i kilka rodzajów wina. Bliźniaki już się położyły na noc".

"Uh, to brzmi..."

"Muszę iść E-Z, do zobaczenia wkrótce. Uważaj na siebie.

"Mój wujek ma się dobrze i mają fondue - brzmi jak niezła impreza."

"Co to jest fondue?" zapytał Lachie.

"To garnek, w którym topisz różne rzeczy, a potem zanurzasz w nich inne. Na przykład zanurzasz truskawki w czekoladzie, a kawałki chleba w serze. I masz rację, są teraz małżeństwem i niedawno urodziły im się bliźniaki, więc dom jest dość pełny i hałaśliwy".

"Brzmi przepysznie - powiedziała Lachie.

Z w pełni naładowanym telefonem E-Z i zapasami Lachie bezpiecznie schowanymi na plecach Baby, para wyleciała z Australii. Podczas podróży rozmawiali. Po wielu godzinach nie widzieli nic ciekawego i z burczącymi żołądkami przygotowali się do lądowania, by zrobić przerwę na jedzenie i toaletę.

"I tak będziemy musieli wkrótce wylądować, żeby zjeść lunch - poza tym już umieram z głodu! A tak przy okazji, gratulacje!"

"Dzięki! Możemy zatrzymać się na Hawajach na cheeseburgery i frytki" - zasugerował E-Z.

"Nie wiedziałem, że Hawajczycy specjalizują się w hamburgerach i frytkach".

"Są częścią USA, więc cheeseburgery i frytki - nie wspominając o gęstych koktajlach - to doskonałe tradycyjne potrawy, których możesz spróbować i gwarantuję, że je pokochasz".

"Nie jem mięsa. Krowy to też ludzie".

"Mają coś wegetariańskiego, to wciąż cheeseburger i pokochasz go. Nie masz nic przeciwko piciu krowiego mleka, prawda?".

"Nie, nie mam".

"Dobra, krzesełko i Baby - chodźmy do najbliższego lokalu z cheeseburgerami, który serwuje również wegetariańskie burgery - zasugerował E-Z, gdy jego burczący żołądek dał o sobie znać.

"Naprzód!" krzyknął Lachlan, gdy Baby szukała odpowiedniego miejsca do lądowania.

ROZDZIAŁ PIĄTY

BRANDY

Lia i jej jednorożec, towarzysz podróży Little Dorrit, lecieli przez chmury.

Lia doceniła zgrabne, ale szybkie ruchy swojej latającej towarzyszki. Razem wymyślili grę o nazwie Skok w Chmury. W zależności od rodzaju chmury, skakały nad nią, pod nią lub przez nią. Przechodzenie przez nie było najfajniejsze.

"Uwielbiam, gdy jesteśmy wewnątrz chmury" - powiedziała Lia. "Wyciągam rękę, by jej dotknąć, ale nic tam nie ma".

"Wygląda na to, że idziemy do centrum handlowego poniżej" - powiedziała Mała Dorrit, po czym wykonała potrójny skok, przechodząc nad, potem pod, a następnie przez tę samą chmurę.

"Weeeeeeeee!" wykrzyknęła Lia.

"Dziękuję, dziękuję - powiedział jednorożec, wskazując w dół.

"Zakupy, co?" powiedziała Lia, sprawdzając to miejsce. Było to duże centrum handlowe, długie na prawie całą przecznicę. "Mam nadzieję, że nie będę potrzebować dużo pieniędzy, ale mama dała mi swoją kartę kredytową na wypadek, gdybym jej potrzebowała.

"Brandy stoi w przejściu do sklepu spożywczego, napełniając wózek dla zabicia czasu. Musimy się pospieszyć, bo jej matka będzie jej wkrótce szukać" - powiedział jednorożec.

"To naprawdę fajne, że możesz tak namierzyć jej lokalizację. Nie mogę się doczekać, by ją poznać i dowiedzieć się więcej o jej mocach - powiedziała Lia, owijając ramiona wokół szyi Małej Dorrit, by przygotować się do lądowania. "Zawsze chciałam mieć starszą siostrę, więc to może być moja jedyna szansa.

"Gwizdnij, gdy będziesz mnie potrzebować - powiedziała Mała Dorrit, gdy Lia zsiadła z konia - a spotkamy się tutaj.

Lia weszła do centrum handlowego przez wahadłowe drzwi. Od razu zobaczyła dziewczynę, która, jak miała nadzieję, była Brandy, pchającą wózek w sklepie spożywczym. Opierając się na opisie Rosalie, to musiała być ona.

Dziewczyna była ubrana swobodnie, w szarą bluzę z kapturem. Była częściowo zapięta na zamek, ale wystarczająco otwarta, aby odsłonić czerwoną koszulkę I Love Music, która znajdowała się pod spodem. Jej czarne dżinsy miały na kieszeniach naklejki z nutami. Płócienne buty do biegania pasowały do koszulki.

Lia przyglądała się dziewczynie przez kilka chwil, po czym podeszła do niej. Czuła się trochę onieśmielona. Jakby spotkała celebrytkę. W jej mniemaniu Brandy emanowała stylem i chłodem.

Gdy Lia zbliżyła się do niej, wyobraziła sobie, że pewnego dnia zostaną przyjaciółkami. Będą razem odwiedzać centrum handlowe. Razem kupowałyby ubrania. Może Brandy pomogłaby jej nawet wybrać nowe, amerykańskie ubrania.

"Na co się gapisz, dziecko?" Brandy zapytała tonem, który nie był zbyt przyjazny ani siostrzany. Następnie jednym ruchem odtrąciła ręce Lii.

"To bardzo niegrzeczne - wykrzyknęła Lia. "Nikt cię nie nauczył manier? Odwróciła się plecami do chłodnej dziewczyny. Wstrzymała oddech, policzyła do dziesięciu, po czym odwróciła się do niej. "Rosalie by się ciebie wstydziła.

"Znasz Rosalie?

"Tak, jestem Lia i nie widzę cię bez oczu, które trzymam w dłoniach. Lia ponownie podniosła ręce.

"Wow!" wykrzyknęła Brandy. "Myślałam, że jestem dziwna, ale dzieciaku, to znaczy, uh Lia, bierzesz ciastko." Wepchnęła ręce do kieszeni. "Ale każdy przyjaciel Rosalie jest moim przyjacielem.

"Dzięki - powiedziała Lia. "Gdzieś możemy pójść porozmawiać?

"Nie mogę powiedzieć, co ty i ja miałybyśmy ze sobą wspólnego - poza Rosalie - powiedziała nastolatka i pchnęła wózek dalej, zostawiając Lię w tyle.

Lia powstrzymała szloch, ale udało jej się wydusić z siebie słowa: "Potrzebujemy twojej pomocy, ponieważ Rosalie nie żyje".

Brandy zatrzymała się i wzięła głęboki oddech, a po jej policzku spłynęła łza, którą otarła. "Chodź za mną, mała. Porzuciła wózek wraz ze wszystkimi przedmiotami, które się w nim znajdowały, a oni udali się do budki w centrum handlowym i usiedli.

"Poproszę szklankę wody - powiedziała Lia. "Bez lodu, proszę".

"Daj spokój dzieciaku, żyj niebezpiecznie. Poproszę Root Beer Float - a nawet dwa". Gdy kelnerka odeszła, powiedziała: "Spodoba ci się, nie martw się. Teraz powiedz mi więcej o tym, dlaczego tu jesteś i powiedz mi, co się stało z tą słodką damą Rosalie".

"Po pierwsze, co Rosalie powiedziała ci o mnie, o nas?"

"Nic. Wiedziałam kim jest i wiedziałam, że nade mną czuwa. Na początku myślałam, że jest aniołem, ponieważ potrafiła rozmawiać ze mną w mojej głowie, tak jak wtedy, gdy modliłam się jako małe dziecko. Potem zdałem sobie sprawę, że była prawdziwą osobą, tak jak ja, a teraz nie żyje. Chciałbym pomóc złapać ludzi, którzy ją zabili - jeśli dlatego tu jesteś, to wchodzę w to. Zabawne, myślę, że teraz jest aniołem, który wciąż nade mną czuwa.

"Ja też - powiedziała Lia. "Dokładnie.

"Jak to się stało? zapytała Brandy. "Jeśli to nie jest niedelikatne pytanie. Zawsze uważam, że najlepiej jest rozmawiać o dziwactwach, które czynią nas tym, kim jesteśmy. Jeśli mam swoje dziwactwa, zaufaj mi. Każdy je ma.

"Moja mama zbeształaby mnie za zadanie Ci tak osobistego pytania. Ale lubię przechodzić do sedna. Czy zawsze miałeś oczy na rękach? Pomyślałbym, że jesteś ścigana przez dziennikarzy i fotografów, ludzie chcą z tobą rozmawiać, usłyszeć i opowiedzieć twoją historię, aby sprzedawać magazyny i gazety".

"Och," powiedziała Lia, "większość ludzi jest bardziej zainteresowana fikcyjnymi postaciami celebrytów, takimi jak Harry Potter, niż prawdziwymi ludźmi. Gdyby Harry Potter był prawdziwy, ludzie unikaliby go lub mu dokuczali. W swoim świecie był jednak bohaterem, więc jego blizna stała się częścią jego historii. Sprawiła, że stał się dla nas bardziej ludzki, więc mogliśmy się z nim identyfikować. Ale żadne dziecko nie chce się wyróżniać, ponieważ w tym świecie różnice nie zawsze są doceniane.

"To zabawne, jak możemy odnosić się do fikcyjnych postaci i mieć do nich empatię, a nie rozpoznawać prawdziwych bohaterów w naszym codziennym życiu".

"Och, bracie", powiedziała Brandy, "jesteś trochę nudny, prawda? To jak rozmowa z dwudziestoletnim dzieciakiem".

"Przepraszam - powiedziała Lia. "W krótkim czasie zmieniłam się z siedmiolatki w dziesięciolatkę i dwunastolatkę. Nie miałam czasu się przystosować.

"W porządku - powiedziała Brandy. "Zasadniczo bym się z tobą zgodziła, ale odkąd Reality TV weszło na antenę, interesujemy się życiem zwykłych ludzi. To znaczy zwykłych, ale bogatych ludzi, takich jak Kardashianowie. Ja tego nie oglądam, ale miliony ludzi tak".

Przyszły ich drinki. Brandy najpierw zjadła wisienkę, a potem zapytała Lię, czy chce swoją. Kiedy Lia odmówiła, Brandy podniosła ją i wrzuciła prosto do ust. "Napij się. Jeśli spróbujesz, na pewno ci się spodoba".

Lia wzięła duży łyk przez słomkę i jej twarz rozjaśniła się. "Jest naprawdę dobre!" Następnie wymieszała lody słomką, zastanawiając się, co powiedzieć dalej.

"Jeśli chodzi o mnie, to urodziłam się z oczami, które działały dobrze. Ale wypadek mnie oślepił, a kiedy się obudziłam, miałam te oczy, a także coś, co nazywają wzrokiem. Widzę, co ludzie myślą, tak zaczęliśmy rozmawiać z Rosalie. Czas nie płynie dla mnie tak jak dla innych, ale od jakiegoś czasu nie przeskoczyłem żadnego roku. Ponadto, w miarę upływu czasu, czasami widzę, co stanie się ze mną i z innymi, wiesz, w przyszłości".

"Czy wiedziałeś, że Rosalie umrze, zanim to się stało?"

"Nie, nie wiedziałam. To przychodzi i odchodzi. Czasami w ogóle nie działa. Nie jest w stu procentach niezawodna. Przy okazji, nie potrafię czytać w myślach, gdybyś się zastanawiał.

"Dobrze. Świadomość, że możesz czytać w moich myślach, byłaby bardzo przerażająca - powiedziała Brandy, biorąc ogromny łyk, który uderzył w dno pojemnika i wydał dźwięk "to wszyscy ludzie". "Chętnie wypiłabym jeszcze jednego, ale nie zrobię tego - powiedziała. "Najlepiej zachować umiar, bo jeśli będziemy traktować się rzeczami - rzeczami, o których myślimy, że naprawdę chcemy cały czas, to nie docenimy ich tak bardzo".

"Bardzo mądrze - powiedziała Lia. "Możesz wziąć resztę moich, jeśli chcesz.

"Szkoda by było, żeby się zmarnowała.

Dziewczyny milczały przez chwilę, dopóki telefon Brandy nie zawibrował. "Moja mama wkrótce do nas dołączy.

"Skąd wiedziała, gdzie jesteśmy?

"Ok, ma swoje sposoby, czyli tracker na moim telefonie".

"I nie masz nic przeciwko?"

Nie. Zniknąłem kilka razy, ale zawsze wracałem do centrum handlowego. Przez większość czasu, kiedy wychodzę, ona nie ma pojęcia. Dopóki nie zadzwonię i nie poproszę, żeby po mnie przyjechała. To zwykle jej pierwsza wskazówka, mój SMS lub telefon. Aplikacja pozwala jej jednak nie martwić się o mnie. Myślę, że nie jest łatwo mieć córkę, która może umrzeć i wrócić do życia".

Przyjechała matka Brandy i nastąpiło przedstawienie. Poinformowały ją o historiach Rosalie i Lii, a także o tym, o czym rozmawiały do tej pory.

"Co planowałyście? - zapytała. "Wyglądacie, jakbyście nie miały nic dobrego na myśli.

"Tylko nadmiar cukru - powiedziała Brandy, uśmiechając się. "Lia właśnie miała mi powiedzieć, do czego mnie potrzebują.

"Wyjaśniłaś mi swoją powtarzającą się sytuację?

"Krótko. Jeszcze do tego nie doszłam, mamo, dopiero co powiedziała mi o wypadku i dlaczego ma oczy na rękach.

Podeszła kelnerka i mama Brandy zamówiła kawę. Natychmiast wróciła z kubkiem, który napełniła. "Dolewki są bezpłatne" - powiedziała kelnerka. "Po prostu podnieś kubek, gdy będzie pusty, a ja zaraz go napełnię".

"Dziękuję - powiedziała mama Brandy.

"Chętnie o tym posłucham - powiedziała Lia, zaczesując włosy za ucho. Uwielbiała sposób, w jaki Brandy i jej matka angażowały się ze sobą. Były ze sobą bardzo blisko; można to było poznać po sposobie, w jaki się dotykały. Ich bliskość sprawiła, że przypomniała sobie wszystkie czasy, kiedy jej matka pracowała w nocy i w weekendy, a ona musiała polegać na Hannie, swojej niani. Teraz było inaczej, gdy byli tutaj, a jej matka wyszła za mąż za Sama, ale nowe dzieci z pewnością zajmowały jej dużo czasu.

Brandy wyrzuciła z siebie: "Kiedy umarłam po raz pierwszy, byłam mała. To było w tym centrum handlowym. W jednej chwili byłam martwa, a w następnej znów żyłam. Jak już ci mówiłam, zawsze tu trafiam. Tak bardzo kocham to centrum handlowe".

"To zabawne - powiedziała Lia.

"Uwielbiam zakupy!"

"To prawda!" powiedziała matka Brandy, gdy jej córka zawołała kelnerkę i poprosiła o szklankę wody z lodem.

"Niech to będą dwie szklanki wody" - powiedziała Lia.

Ponieważ była już na miejscu, kelnerka napełniła filiżankę kawy matki Brandy.

Lia czuła, że teraz albo nigdy - powinna przejść do rzeczy. Robiło się późno, a Mała Dorrit czekała.

"E-Z, który jest naszym przywódcą, jeździ na wózku inwalidzkim i może ratować ludzi, nawet samoloty pełne pasażerów. Ma super siłę i szybkość, a zarówno on, jak i jego wózek inwalidzki mają skrzydła.

"Alfred jest łabędziem trębaczem i ma ESP, a także może przywracać ludzi i stworzenia do życia. Wliczając ciebie, jest jeszcze dwójka dzieci, które dodamy do grupy, plus kuzyn E-Z, Charles - więc w sumie będzie nas siedmioro".

"Szczęśliwa siódemka - powiedziała matka Brandy.

Lia kontynuowała: - Po tym, jak usłyszysz wszystko, jeśli zgodzisz się pomóc nam w walce z Furiami, twoje życie będzie w niebezpieczeństwie. To trzy złe siostry - boginie - które zabiły Rosalie".

"Złe, co? Zabicie Rosalie było tchórzostwem! Ona nigdy nie skrzywdziłaby muchy!" powiedziała Brandy.

"Czy ta informacja jest publiczna?" zapytała matka Brandy. "To wszystko brzmi jak fikcja".

"Dlaczego to zrobili?" zapytała Brandy. "Co dostaną za zabicie takiej słodkiej staruszki jak Rosalie?".

"Wykorzystują dzieci. Zabijają dzieci - powiedziała Lia.

Zarówno Brandy, jak i jej matka przestały pić.

"Trudno to wyjaśnić, ale postaram się jak najlepiej. Kiedy umieramy, nasze dusze trafiają do czekających na nie Łapaczy Dusz - miejsca naszego wiecznego spoczynku. Każdy z nas ma swój unikalny Łapacz Dusz - więc nigdy nie możemy umrzeć. Nasze dusze żyją dalej. To nie jest niebo, które sobie wyobrażaliśmy, ale jest prawdziwe, a Furie zabijają niewinne dzieci - i umieszczają je w Łapaczach Dusz, które należą do innych ludzi.

"Kiedy Rosalie umarła, jej dusza nie miała dokąd pójść. Na szczęście naszym przyjaciołom, Hadzowi i Reiki - którzy chcą być aniołami - udało się przechwycić duszę Rosalie. Przechowują ją w bezpiecznym miejscu, dopóki nie wyeliminujemy Furii i nie naprawimy sytuacji ze wszystkimi Łowcami Dusz. Kiedy ich wyeliminujemy, archaniołowie przejmą kontrolę i naprawią bałagan, który spowodowali. Wszystko wróci do normy".

"Myślałam, że archaniołowie są źli - powiedziała Brandy. "Skąd wiemy, że możemy im ufać? I dlaczego chcemy im pomóc?"

"To bardzo duża prośba do was, dzieci" - powiedziała matka Brandy.

"To bardzo długa historia. Możemy wam ją opowiedzieć w swoim czasie. Ale teraz musimy wrócić do kwatery głównej. To nasz dom. Kiedy wszyscy znajdziemy się pod jednym dachem, będziemy mogli wszystko wyjaśnić i opracować plan.

"Wchodzę w to - powiedziała Brandy. "Miałeś mnie już, kiedy powiedziałeś, że zabili Rosalie, ale teraz wiem, że zabijali też niewinne dzieci, więc pozwól mi na nich." Podniosła szklankę wody i wzniosła toast z Lią.

"Czekaj - powiedziała matka Brandy - jeśli archaniołowie nie mogą tego pokonać, to jak mogą oczekiwać, że wy dzieci...

"Mamo - Brandy poklepała ją po dłoni. "Nie jestem jak inne dzieci. Wygląda na to, że jesteśmy bandą odmieńców ze specjalnymi zdolnościami, a ja będę do nich pasować. Nic dziwnego, że archaniołowie poprosili nas o pomoc.

"Rosalie zebrała nas wszystkich, więc możemy stworzyć zespół. Gdyby tu była, byłaby z nami w drużynie. Teraz jest z nami duchem. Razem będziemy siłą, z którą trzeba się liczyć.

"Poza tym musimy się upewnić, że Rosalie odzyskała swoje miejsce wiecznego spoczynku. Wszystko dzieje się z jakiegoś powodu, czy to nie ty zawsze mi to powtarzasz?

"Więc co dalej? - zapytała jej matka.

"Musimy być razem, a dom E-Z jest wystarczająco duży dla nas wszystkich. Inni i Charles Dickens - długa historia - spotkają się tam z nami".

"Nie ten Charles Dickens?"

"Ten jedyny, ale ma tylko dziesięć lat. Przybył i został odkryty przez dwóch detektywów w Londynie, w Anglii. Nie bez powodu został wysłany z powrotem na Ziemię. Poza tym, że on i E-Z są kuzynami. Jest jednym z nas. Razem pokonamy te siostry i naprawimy świat.

"Chodźmy! powiedziała Brandy. "Mama ma w samochodzie mój plecak, a w nim wszystkie najpotrzebniejsze rzeczy. Zawsze mam spakowaną torbę na wszelki wypadek. Przydała się już kilka razy. Zakładam, że w domu masz pralkę i suszarkę? I suszarkę do włosów?"

"Tak, tak i tak - powiedziała Lia, po czym zagwizdała.

Brandy i jej matka zakryły uszy. "Po co to było?"

"Wyjdźcie na zewnątrz, a przedstawię wam moją przyjaciółkę Małą Dorrit - jest jednorożcem - i w tym samym czasie możecie wziąć swoją torbę". Wyszli przez drzwi, a ona wskazała na niebo, gdzie jednorożec zbliżał się do lądowania.

"Chwileczkę - powiedziała Brandy - Będziemy jechać przez kraj na jednorożcu?

Matka Brandy zmarszczyła brwi. Poczuła się słabo, a jej nogi przypominały rozgotowane spaghetti.

"Podejdź i pogłaszcz ją - powiedziała Lia. "Mała Dorrit, to jest Brandy i jej mama.

"Jej futro jest piękne i miękkie - powiedziała matka Brandy.

"Podwieźć cię do samochodu? zapytała Mała Dorrit.

"Nie, dziękuję - odpowiedziała mama Brandy. Następnie zwróciła się do córki: "Nie wiem, jak wytłumaczę to twojemu ojcu. Może powinnaś wrócić ze mną do domu i razem to wyjaśnimy i zdecydujemy, czy możesz iść...".

"Muszę jechać - powiedziała Brandy. "To moje przeznaczenie. Przytuliła się do matki.

"Czy pomogłabyś, gdybyś porozmawiała z moją mamą? zapytała Lia i nie czekając na odpowiedź, szybko wybrała numer, wyjaśniła sytuację i przekazała swój telefon mamie Brandy, która porozmawiała z Samanthą, a następnie oddała telefon.

Następną rzeczą, jaką wiedziały, było to, że cała trójka latała po parkingu w poszukiwaniu samochodu, a ludzie poniżej trąbili klaksonami, robili zdjęcia telefonami i wpadali na siebie samochodami i wózkami.

"Tam jest" - powiedziała matka Brandy.

Mała Dorrit wylądowała i zsunęła się. "Poczekaj tutaj, a ja wezmę torbę mojej córki.

Wróciła i rzuciła ją Brandy. "Dziękuję za podwiezienie - powiedziała do Małej Dorrit. Do Brandy powiedziała: "Brandy dzwoń do domu. Codziennie. Jak E.T." Dała jej buziaka. Potem do Lii: "Miło było cię poznać".

"Ciebie też - powiedziała Lia, gdy Mała Dorrit podniosła się z ziemi. "Nie martw się, zapewnimy bezpieczeństwo twojej córce.

Matka Brandy patrzyła, jak odlatują, aż przestała je widzieć. Do tego czasu wścibscy parkingowi znaleźli sobie coś innego do oglądania, więc wsiadła do samochodu i ruszyła w stronę domu.

Wybrała długą drogę do domu. Musiała pomyśleć, jak wytłumaczy to wszystko ojcu Brandy.

ROZDZIAŁ SZÓSTY

HARUTO

Alfred czekał przed kawiarnią na właściciela, który spodziewał się nowego klienta. Babcia Haruto nie wspomniała, że klientem był łabędź trębacz. Kiedy właściciel zobaczył Alfreda, zaprowadził go do stolika z tyłu.

Alfred nie miał nic przeciwko byciu na uboczu. W rzeczywistości wolał to, ponieważ był tam znak, który wskazywał, że nie ma zwierząt domowych - nie, żeby łabędzie były uważane za zwierzęta domowe w Japonii lub gdziekolwiek indziej na świecie, o którym wiedział.

Kiedy siedział cicho, czekając na przybycie ojca Haruto, skorzystał z darmowego WI-FI w kawiarni i odkrył kilka naprawdę fajnych rzeczy na temat japońskich kultur kawiarnianych. Podobnie jak w Jokohamie, były kawiarnie dla miłośników kotów i jedna na cześć jeży.

Piętnaście minut później do kawiarni wszedł mężczyzna. Alfred od razu rozpoznał, że to ojciec Haruto, ponieważ szybko podszedł do jego stolika.

"Naze watashitachiha daidokoro no chikaku ni iru nodesu ka?" zapytał właściciela kawiarni (co w tłumaczeniu oznacza: dlaczego jesteśmy blisko kuchni?").

"Kare wa hakuchōdakara!" odpowiedział właściciel, zanim odsunął się od stolika (co w tłumaczeniu oznacza: ponieważ jest łabędziem!).

Kiedy wrócił kilka minut później z tacą wypełnioną Bubble Tea, właściciel powiedział: "Mōshiwakearimasen" (co w tłumaczeniu oznacza: Przepraszam).

"Ī nda yo", powiedział z uśmiechem ojciec Haruto (co w tłumaczeniu oznacza: W porządku).

Herbatę Alfreda podano w misce wystarczająco dużej, by mógł wsadzić w nią dziób. Jego herbata była mrożona - to dobrze, bo nie chciał poparzyć sobie języka ani długo czekać, aż ostygnie.

"Domo arigato gozaimasu," powiedział Alfred (co w tłumaczeniu oznacza: dziękuję bardzo).

"Iie," odpowiedział ojciec Haruto (co w tłumaczeniu oznacza: nie wspominaj o tym).

Przez chwilę siedzieli cicho, patrząc na siebie i popijając herbatę.

"Dlaczego tu jesteś?" zapytał nagle ojciec Haruto. "Moja żona obawia się, że chcecie odebrać nam syna, a nie możecie go mieć. Tak, znaleźliśmy go, ale jesteśmy jedynymi rodzicami, jakich kiedykolwiek znał.

"Whoa!" krzyknął Alfred. "Nic się nie stanie, jeśli tego nie chcesz. Przy okazji, angielski twojego syna jest doskonały - powiedział Alfred. "Podobnie jak twój własny.

"Pochlebstwa nic ci tu nie dadzą. Jak powiedziałem wcześniej, nie możesz mieć mojego syna.

"Gdyby Haruto mógł nam pomóc, uratować świat? Nadal byś odmówił?"

"Haruto jest tylko chłopcem. Ty jesteś łabędziem. Co mogą zrobić chłopcy i łabędzie, czego nie mogą zrobić mężczyźni? Nie możesz go mieć. Skrzyżował ręce.

"Co jeśli nie uda nam się uratować świata bez jego pomocy? A jeśli on chce nam pomóc?

"Haruto nie wie nic o życiu. Nie może wam pomóc. Znajdź syna kogoś innego, kogoś starszego. Kogoś, kto urodził się, by uratować świat. Nie chłopca. Nie mój chłopiec, Haruto. Ani dziś, ani jutro, ani nigdy.

"A jeśli pozwolimy mu zdecydować? powiedział Alfred. "Po tym, jak wszystko wyjaśnię.

"Powiedz mi wszystko teraz. A ja zdecyduję, co powinien wiedzieć. Ale najpierw pozwólcie, że zapytam - dlaczego uważacie, że taki mały chłopiec jak mój syn może wam pomóc?

"Myślimy, że tak jak reszta z nas, ma dary, wyjątkowe dary. Nie jest taki jak inne dzieci, prawda? Kiedy Rosalie o nim wspomniała, był jeszcze niemowlęciem. Czy starzeje się szybciej niż inne dzieci?"

Ojciec Haruto potrząsnął głową. "Kiedy znaleźliśmy go pięć lat temu, był niemowlęciem. Urósł, jak każde dziecko".

"Przepraszam. Rosalie nie miała czasu, by zaktualizować lub uzupełnić swoje notatki. Nie chcesz jednak, by twój syn przebywał z innymi dziećmi, które są tak uzdolnione jak on? Byłby jednym z nas, akceptowanym przez nas. A my szanowalibyśmy jego dary i chronili go.

"Sugerujesz, że nie mogę chronić własnego syna?

"Nie, sir. Wcale tak nie twierdzę. Mówię ci, że go potrzebujemy i być może, tylko być może, on potrzebuje nas. Chłopiec, który jest sam, nigdy nie będzie tak silny jak chłopiec, który jest członkiem zespołu.

"Być może jest samotny. Być może, ale jest młody i wyrośnie z tego." Ojciec Haruto milczał, zanim zapytał: "Jaki jest twój dar i kto jest wrogiem?".

"Mam moc uzdrawiania ludzi i zwierząt - głównie tych drugich. Potrafię czytać w myślach. Lia widzi przyszłość. E-Z ratuje życie. Jestem w stanie leczyć chorych i czytać w myślach. Mamy nawet stronę internetową dla superbohaterów, którą mogę ci pokazać, jeśli chcesz zobaczyć wszystko na własne oczy jako dowód".

"Widziałem już waszą stronę - powiedział ojciec Haruto. "Jesteście znani jako Trójka. Czy wasza trójka nie jest wystarczająco potężna, by stawić czoła każdemu wrogowi? Jak taki mały chłopiec jak Haruto może wam pomóc? On ledwo pamięta o myciu zębów".

"Rozumiem to. Też miałem syna, gdy byłem człowiekiem.

"Byłeś kiedyś człowiekiem? Co się stało z twoim synem?

"Umarli, a ja zostałam przemieniona w łabędzia. To długa i skomplikowana historia. Najważniejsze, że do niedawna nie wiedzieliśmy o istnieniu innych dzieci. To była Rosalie. Była niesamowitą kobietą, która potrafiła komunikować się z dziećmi w swoim umyśle. Rozmawiała z Lią, Haruto, Brandy i Lachie. Połączyła wszystkich i zapłaciła za to wysoką cenę. Furie zabiły ją, gdy nie chciała ujawnić im żadnych informacji o dzieciach. Bez Rosalie nie wiedzielibyśmy o istnieniu innych i nie bylibyśmy tutaj, chcąc chronić twojego syna lub prosząc go o pomoc w pokonaniu tych złych sióstr.

"Zostałem wysłany, by porozmawiać z Haruto i wyjaśnić, z czym mamy do czynienia. Oczywiście może odmówić, możesz odmówić za niego - ale bez niego możemy nie być w stanie pokonać złych bogiń znanych jako Furie."

Właściciel zaproponował więcej herbaty. Alfred odmówił, jednak ręce ojca Haruto lekko zadrżały, gdy podniósł świeżo napełnioną herbatę i upił łyk.

"Czy Haruto jest najmłodszym dzieckiem?"

Alfred skinął głową.

"Opowiedz mi o pozostałej dwójce nowych rekrutów.

"Brandy umiera i odradza się. Lachie potrafi mówić i jest rozumiany przez wszystkie stworzenia.

"Ta Brandy za każdym razem odradza się jako ona sama?" zapytał ojciec Haruto.

"Tak to rozumiem."

"Ile ona ma lat?"

"Tego nie wiem na pewno, ale sądzę, że jest nastolatką. Dlaczego to ma znaczenie?" zapytał Alfred.

"Ponieważ wielokrotne odradzanie się w ludzkiej postaci oznacza, że Brandy utknęła na etapie nauki. Dlatego dobrze poradzi sobie z innymi, którzy są bardziej zaawansowani od niej. Będzie się od nich uczyć i być może pomoże jej to osiągnąć kolejny etap".

Alfred nieco zrozumiał, ale nic nie powiedział.

"Mój syn nie przyspieszyłby życia Brandy, dlatego nie pozwolę mu być częścią tej walki. Przepraszam za marnowanie twojego czasu.

"Cóż, przebyłem całą tę drogę - więc co mi szkodzi z nim porozmawiać, w obecności ciebie, twojej żony i matki. Daj mu wybór. Pozwól mu zdecydować. Jeśli nie jest to dla niego odpowiednie, jeśli uważasz, że jest zbyt młody lub nieprzygotowany - zrozumiemy to - ale proszę, przynajmniej porozmawiajmy z nim o tym. Zobacz, ile jest w stanie zrozumieć. Niech będzie tym, który powie "nie" - wtedy wrócę do samolotu i nigdy więcej mnie nie zobaczysz.

"Jesteś łabędziem i latasz samolotem? - zaśmiał się głośno. Inni klienci kawiarni przyłączyli się do niego, choć nie mieli pojęcia, dlaczego się śmieje. Śmiali się, ponieważ śmiech ojca Haruto był zaraźliwy.

"Powiedz mi, co twój zespół zamierza zrobić i dlaczego. Wtedy podejmę decyzję. Jeśli zdołasz mnie przekonać, to może pozwolę ci spróbować przekonać Haruto."

"Kiedy umieramy, nasze dusze opuszczają nasze ciała i udają się na wieczny spoczynek w tak zwanym Łapaczu Dusz. Wiem, że to różni się od tego, w co wierzymy, ale to prawda. Furie zabijają dzieci - dzieci, które grają w gry komputerowe - a następnie umieszczają ich dusze w Łapaczach Dusz przeznaczonych dla innych dusz. Kiedy inni umierają, ich dusze nie mają dokąd pójść".

Ojciec Haruto milczał przez kilka chwil.

"Jeśli będzie chciał, mój synu, Haruto ci pomoże. Powie ci, jaki jest jego talent. Powie ci, co chce, żebyś wiedział, a potem podejmie decyzję.

"Dziękuję - powiedział Alfred.

Wstali, opuścili kawiarnię i udali się do domu Haruto. Gdy dotarli na miejsce, natychmiast podano kolację i wszyscy zostali poinformowani o misji.

"Co się stanie z innymi duszami? Jeśli nie mają dokąd pójść?" zapytał Haruto, odkładając pałeczki i biorąc łyk wody.

"Tego nie wiemy na pewno - odpowiedział Alfred. Zerknął na ojca Haruto, który skinął głową. "Ale Rosalie. Pamiętasz Rosalie?

"Tak, znałem ją i wiem, że umarła - powiedział Haruto. Usiadł bardzo prosto: "Czy to znaczy, że jej dusza nie ma domu? Jak mogę jej pomóc dotrzeć do domu?"

"Cieszę się, że chcesz pomóc, Haruto - powiedział Alfred. "Dusza Rosalie jest bezpiecznie przetrzymywana przez dwóch niedoszłych aniołów, którzy pomogli nam i E-Z w przeszłości. Więc na razie wszystko z nią w porządku.

"Zanim wyjaśnię więcej, jestem ciekaw, jakie posiadasz specjalne moce?"

Haruto wstał, spojrzał na ojca, który skinął głową, po czym powiedział. "Poruszam się bardzo szybko." I zaczął wirować, coraz szybciej i szybciej, aż zniknął.

"Whoa!" powiedział Alfred. "Jesteś jak znikająca wersja diabła tasmańskiego!

"Nigdy nie znudzi nam się oglądanie go w akcji" - powiedziała jego matka. Aż do tego komentarza była zauważalnie cicha. "Wróć teraz, dziecko - powiedziała. "Wracaj."

Pojawił się w ten sam sposób, w jaki zniknął, ale tym razem nie widzieli, jak wiruje, dopóki się nie pojawił. "Znowu jestem głodny!" wykrzyknął Haruto. Usiadł, napełnił swój talerz i jadł łapczywie.

"Zawsze jesteś głodny?" zapytał Alfred.

"Zawsze - odpowiedziała Sobo, oferując wnukowi więcej jedzenia. Przytaknął, zbyt zajęty jedzeniem, by odpowiedzieć.

Gdy Haruto najadł się do syta, Alfred wyjaśnił mu, w jaki sposób E-Z's posłuży za kwaterę główną zespołu, czyli bazę. Grał na zwłokę, szukając odpowiednich słów, aby powiedzieć im o niebezpieczeństwie, w jakim wszyscy się znajdą.

"Pozwólcie, że powiem, zanim się zgodzicie - Furie to złe, okropne stworzenia, które karzą dzieci, nawet jeśli nie zrobiły nic złego. Odbierają dzieciom życie za złe myśli, a nie za złe uczynki i przejmują łapaczy dusz od innych. Musimy je powstrzymać i przywrócić porządek. Są niezwykle niebezpiecznymi i potężnymi boginiami".

Ojciec Haruto powiedział: "Zabraniam ci iść!".

"Ale ojcze, nauczyłeś mnie, że moje działania w tym życiu będą kontynuowane w następnym. Dlatego muszę się zgodzić. Spojrzał na Alfreda i powiedział: "Możesz na mnie liczyć!".

"Haruto, jako twoja matka i ojciec chcemy, abyś odniósł sukces - ale chcemy, abyś był blisko nas, a nie na drugim końcu świata z nieznajomymi".

Haruto wstał z fotela i zarzucił ramiona na szyję babci. Oboje szeptali w tę i z powrotem po japońsku tak, że Alfred nie mógł ich zrozumieć.

"Sobo mówi, że będzie mi towarzyszyć, ale boi się, że jej czas jest bliski. Jeśli umrze i nie będzie jej w Japonii, jak jej dusza odnajdzie drogę do domu?"

"Współpracują z nami archaniołowie i pomocnicy archaniołów. Chronią duszę Rosalie, a gdyby coś stało się twojej babci, jestem pewien, że ochroniliby również jej duszę. Dopóki ich Łapacze Dusz nie będą gotowi.

"Jestem z ciebie dumny - powiedział Sobo - i z przyjemnością dołączę do ciebie podczas lotu. Cieszę się, że poznam resztę dzieci superbohaterów. Ten Sobo będzie miał więcej wnuków". Przytuliła Haruto.

Matka i ojciec Haruto dołączyli do niej. To był rodzinny uścisk. Łzy spłynęły po twarzy Alfreda. Łabędź płaczący to najsmutniejsza rzecz na ziemi.

Kiedy się rozeszli, naczynia zostały zebrane i ustawione do mycia. Wszyscy zostali poczęstowani herbatą, z wyjątkiem Haruto.

"Przygotuję swoją torbę," powiedział. "Dobranoc."

"Zarezerwuję nasze loty i poinformuję cię o szczegółach - powiedział Alfred.

Wrócił do hotelu i zarezerwował lot. Następnie wysłał wszystkie szczegóły do Charlesa Dickensa. Miał nadzieję, że Charles spotka się z nimi na lotnisku Heathrow i wszyscy razem polecą do domu E-Z.

Po wyczerpującym dniu Alfred wskoczył na swoje łóżko Queen Size. Rozłożył poduszki i oglądał telewizję, aż w końcu zasnął.

ROZDZIAŁ SIÓDMY

W DRODZE

Gdy wszystkie dzieci były w drodze do domu E-Z, w powietrzu unosiła się energia zwana nadzieją. Energia ta zdawała się rozprzestrzeniać z jednej strony świata na drugą. Tak bardzo, że dotarła do Furii.

Trzy złe boginie tańczyły wokół ognia, który stworzyły w kotle z kości zmarłych. W górę wzniosła się wielogłowa płonąca kula. Na ich oczach podzieliła się na trzy ogniste kule.

Boginie napełniły ogniste kule zwiększoną energią, aż wydawało się, że gniewne kule eksplodują. Następnie wysłały je w drogę, by odnalazły i zmiażdżyły nadzieję, która żyła w sercach ich wrogów.

Pierwsza ognista kula wyruszyła do najdalszego celu, aby spotkać i zniszczyć E-Z, Lachie i Baby. Ognisty obiekt rozpadł się po drodze, rozpadając się z samej prędkości, aż osiągnął rozmiar kuli do kręgli.

Wycelował w niczego niepodejrzewające trio, na które nacierał.

Czujniki wózka inwalidzkiego E-Z zaalarmowały go o zbliżającym się niebezpieczeństwie dzięki ulepszeniom Hadza i Reiki. GPS wykrył obiekt nieożywiony poruszający się szybko i zmierzający prosto na nich.

"Coś idzie prosto na nas!" krzyknął E-Z. "Wylądujmy i zejdźmy mu z drogi.

"Racja - powiedział Lachie, gdy trio spadło.

Ale płonąca kula podążała za nimi, jakby miała własny nadajnik. Bez względu na to, jak nisko zeszli, nie przestawała ich śledzić.

Zatrzymali się, unosząc się w powietrzu, zgrupowani razem - niepewni, czy wylądować teraz, czy spróbować przechytrzyć ją w inny sposób. Jeśli wylądują, a to coś podąży za nimi, może zabić lub zranić innych. Nie chcieli narażać nikogo innego na niebezpieczeństwo, ponieważ to coś ścigało ich.

"Co zamierzamy zrobić? zapytał Lachie.

"Ty i Baby ukryjcie się, pozwólcie mi i mojemu krzesłu się tym zająć.

"Nie zostawimy cię! wykrzyknął Lachie, a Baby skinęła głową.

"Dobrze, więc stańcie za mną - powiedział E-Z. Wiedział, że on i jego wózek są kuloodporni, ale czy byli odporni na kule ognia? Miał się o tym przekonać za 5, 4, 3, 2, 1.

Mały wyciągnął szyję, wydał z siebie ryk z paszczą otwartą tak szeroko, jak to tylko możliwe - i kula ognia trafiła prosto w niego. Oczy smoka wybałuszyły się, a jego usta zadrżały, gdy powstrzymywał w sobie ognistą bestię. Potem odleciał, a Lachie trzymał się jego szyi, lecąc daleko i daleko, szukając miejsca, w którym mógłby uwolnić się od tego, co paliło go w środku.

W końcu znaleźli miejsce, w którym mogli bezpiecznie wrzucić go do morza. Mały otworzył usta i wyleciał. Wciąż płonąc, rzecz ślizgała się po powierzchni wody, jakby była zdeterminowana, by pozostać przy życiu, ale w końcu poddała się i zatonęła w oceanie.

"Tak!" krzyknął E-Z. "Brawo Baby!"

Baby i Lachie wrócili do E-Z, "Co się stało?".

"Baby był niesamowity! Wrzucił ognistą kulę do morza. Teraz to tylko kolejna skała".

"Dzięki Baby," powiedział E-Z. "To było trochę za blisko, by poczuć się komfortowo".

"Zgoda. A Baby zasługuje na poczęstunek. Coś fajnego dla jego gardła.

"Cokolwiek Baby chce - powiedział E-Z. "Zejdźmy na dół i zróbmy sobie przerwę, zanim będziemy kontynuować.

Lachie przytulił się do szyi Baby i zeszli na dół, aby otrząsnąć się z pierwszego i mieli nadzieję ostatniego spotkania z szaloną kulą ognia.

"Myślisz, że to były Furie? zapytał Lachie.

"Nie sądzę, żeby o nas wiedziały. To znaczy, wiedzą, że istniejemy, ale nie wiedzą nic konkretnego.

"To coś nas namierzyło. Próbowało nas zabić. Kto inny chciałby naszej śmierci?

"Masz rację, leciało prosto na nas. Prawdopodobnie to tylko zbieg okoliczności. Mam nadzieję.

"Nie powinniśmy ostrzec innych?

E-Z spojrzał na swój telefon. Miał zero kresek. "Mój zespół poradzi sobie sam i nie chcę ich straszyć. Miejmy nadzieję, że to tylko jednorazowy przypadek".

$$***$$

Furie wysłały drugi płonący dysk w kierunku Jokohamy. Samolot Alfreda i Haruto był już na pasie startowym, przygotowując się do startu.

Kula ognia poleciała w ich kierunku, ale wybrała niefortunną drogę - minęła 59-metrowego robota, który wyciągnął rękę, złapał ją, a następnie zmiażdżył. Popiół spłonął na platformie poniżej.

Na lotnisku samolot Alfreda i Haruto wystartował bezpiecznie, a para nigdy nie dowiedziała się, że byli celem ataku.

***

Trzecia i ostatnia płonąca kula wyleciała w kierunku Phoenix w Arizonie. Latała w kółko, szukając swojego celu przez wiele godzin, ale nie była w stanie go znaleźć.

Mała Dorrit była wyjątkowym jednorożcem, dysponującym tarczą antydetekcyjną, która zawsze była w pogotowiu. Ochrona swoich pasażerów była przecież kluczową rolą Little Dorrit.

Po bezcelowym locie, płonąca kula zamiast rozpadać się z prędkością, powiększała się, aż osiągnęła rozmiar komety. Następnie wróciła do swoich prawowitych właścicieli - Furii.

Płonący obiekt, który nie odróżniał przyjaciela od wroga, ścigał wrzeszczące Furie wokół Doliny Śmierci przez wiele godzin. Uciekały, dopóki Tisi nie wyczarowała zaklęcia.

Na początku kula zatrzymała się w powietrzu, a trzy boginie z satysfakcją patrzyły, jak spada do kotła i pokrywa się grzybowym gulaszem.

Alli poleciała w jej kierunku, zaciskając pokrywkę.

Następnie Furie odrzuciły głowy do tyłu i przekrzykiwały go, tańcząc, śpiewając i śmiejąc się.

Aż w kotle rozległ się trzask. Jakby ziarna popcornu się podgrzewały. Dźwięki stawały się coraz głośniejsze, gdy pokrywa kociołka została wgnieciona od wewnątrz i ostatecznie uniosła się na tyle, że nowo narodzone kule ognia mogły się wydostać.

Małe ogniste kule, nie mając dokąd uciec, skupiły się na Furiach, ścigając je, gdy jedna po drugiej gasły.

Rozśpiewane, wyczerpane i zirytowane trzy boginie wezwały Eriela, by przybył im na pomoc, ale ten nie odpowiedział.

* * *

Lecąc samotnie po niebie, podczas gdy Lachie i Baby podróżowali wolniej ze względu na skutki uboczne połknięcia kuli ognia przez Baby, E-Z ocenił swój zespół. Kilka razy w kolejce otrzymał SMS-y, które potwierdziły, że oni też o nim myślą.

Lia wysłała wiadomość, która potwierdziła moce Brandy, a Alfred zrobił to samo w odniesieniu do zdolności Haruto.

E-Z nie odwzajemnił się, mówiąc im o mocach Lachiego. Zamiast tego chciał sprawdzić, jak on i jego siedmioosobowy zespół (w tym Charles) poradzą sobie z trzema potężnymi, ale złymi boginiami.

Dokonując inwentaryzacji w swoim umyśle, przypomniał sobie o atutach swojej drużyny:

Potrafię latać, moje krzesło też. Jesteśmy kuloodporni, a ja jestem super silny. Jestem dobrym przywódcą, jestem inteligentny i mam silną empatię.

Lia jest podżegająca, empatyczna, miła, inteligentna i potrafi czytać w myślach oraz przewidywać przyszłość.

Alfred jest silny, inteligentny i jako najstarszy członek mądrzeje z wiekiem. Jest empatyczny, czasami potrafi czytać w myślach i leczyć chorych.

Lachie komunikuje się ze stworzeniami. Jest samotnikiem, ale to nie jego wina. Jest empatyczny, inteligentny. Wie, jak przetrwać wbrew wszelkim przeciwnościom, a jego umiejętność kamuflażu przyda się.

Haruto jest najmłodszy, ale potrafi przetrwać. Potrafi stać się niewidzialny.

Brandy umarła - kilka razy - i wróciła do życia. Ona na pewno przeżyła.

Ostatni, ale nie mniej ważny jest Charles Dickens. Jego zdolności są nieznane. Ale jest inteligentny, empatyczny i potrafi się dostosować.

Korzystając z telefonu, gdy miał wystarczająco dużo taktów, przeszukał historyczne dokumenty online, aby dowiedzieć się, jakie zdolności Furie wniosą do stołu:

Nadludzka siła.

Wytrzymałość, w tym wysoka tolerancja na ból.

Witalność.

Zwinność jak u pająka.

Odporność na obrażenia i superszybkie zdolności lecznicze.

Lot.

Zmiennokształtność - do postaci innej osoby.

Niewidzialność.

Potrafiły zadawać ból swoim ofiarom.

Meg może wydzielać pasożyty. YUCK.

Poczekaj chwilę, jest napisane, że Furie historycznie reprezentowały sprawiedliwość. Mówi, że w przeszłości krzywdziły tylko złych i winnych... że dobrzy i niewinni nie mieli się czego obawiać. Więc co się zmieniło? Dlaczego czuli potrzebę zabijania niewinnych dzieci, wykorzystując do tego grę?

Czytał dalej, zastanawiając się, jak dokładnie zabijają dzieci. Według legendy, Furie nigdy nie skrzywdziły fizycznie żadnego ze złoczyńców. Zamiast tego wykorzystywały poczucie winy, by doprowadzić ich do szaleństwa.

Wrócił myślami do chłopca, który próbował go zastrzelić. Przekonały go, że jeśli nie zrobi tego, co powiedziały, skrzywdzą jego rodzinę. Zastanawiał się, gdzie teraz jest ten dzieciak. Czy był w jednym z Łapaczy Dusz?

Kontynuował poszukiwania, aby dowiedzieć się, czy Furie są zdolne do litości i nie znalazł na to żadnego dowodu.

Dodał do listy coś, co już wiedzieli - Furie były śmiertelnikami. To jedna rzecz, którą on i złe boginie mieli ze sobą wspólnego, a on i jego zespół będą musieli znaleźć sposób, aby wykorzystać to na swoją korzyść.

Lachie i Baby dogonili E-Z.

"Jak sobie radzi Baby?" zapytał.

"Teraz już lepiej - odpowiedział Lachie.

Baby odrzucił głowę do tyłu, wydał z siebie ryk i ruszył przed siebie.

"Zaczekaj na mnie!" krzyknął E-Z.

ROZDZIAŁ ÓSMY

THE FURIES

Z brudnym uczuciem nadziei wciąż cuchnącym w powietrzu, Furie czekały. Naprawiły swoje spalone ubrania i przycięły spalone włosy. Na szczęście węże pozostały nietknięte. By przygotować się na przybycie gościa.

Był ich dobroczyńcą. Tym, który sprowadził ich z powrotem na ziemię. Zasugerował, by założyli bazę w niewykrywalnym sercu Doliny Śmierci.

Przed awarią kuli ognia widzieli znaki. Znaki, że wszystko obraca się teraz przeciwko nim. Zmiany były dobre, ale tylko wtedy, gdy mieli nad nimi kontrolę. Nadchodził ich czas. Musieli być gotowi do działania. Wszystko obracało się na ich korzyść. Musieli tylko na to poczekać. A potem być gotowym do ataku.

"Eriel - wysyczała Meg.

Archanioł, ich ukochany przywódca w końcu przybył.

"Co nowego? zapytała Tisi. "Jesteśmy zniesmaczeni tą całą nadzieją w powietrzu."

"Tak, ta nadzieja nas dołuje - zaśpiewały Tisi i Allie, tańcząc wokół płonącego ogniska.

Patrzył na nie, tańczące nago jak banshee. Trzaskały biczami, podczas gdy węże, które miały za ręce i włosy, ślizgały się i pluły losowo.

Eriel zstąpił na nich jak czarna chmura, wylądował, po czym złożył skrzydła. Jego ogromna postura sprawiła, że Furie wyglądały jak lalki. Stanął z rękami na biodrach, po czym uklęknął na jedno kolano, by zrównać się z nimi. W ten sposób zniżył się do ich poziomu, jednocześnie pozostając ponad nimi. Chciał, aby wiedzieli, że pracują dla niego, a nie na odwrót. Był zmęczony wzmacnianiem tego u sióstr, a jednak obawiał się, że to jedyny sposób, aby utrzymać je w ryzach.

"Nie ma nadziei - nie teraz, gdy pracujemy razem - powiedziała Eriel. "I nie śmiej się. Cóż, chyba możesz się śmiać. Ja też tak zrobiłam, gdy po raz pierwszy usłyszałam, że wysyłają zespół dzieci, by was zabić.

Furie wpadły w histerię. Ich głosy roznosiły się echem po Dolinie Śmierci i odstraszały wszystkie ptaki.

"Ci idioci!" powiedziała Meg.

"Zjemy te dzieci na śniadanie, obiad i kolację - powiedziała Tisi, oblizując wargi.

"Nie jemy dzieci - powiedziała Alli. "Ale jesteś zabawna, siostro. Chcemy tylko ich dusz. I nie mogę sobie przypomnieć, DLACZEGO ich chcemy. Wyjaśnij to jeszcze raz, droga siostro.

Wykonujemy rozkaz Eriela. On chce Łapaczy Dusz, a my je dla niego zdobywamy. Gdy spełnimy jego żądania, znów będziemy Córkami Nyx - Uprzejmymi - i będziemy rządzić nocą i robić, co nam się podoba".

"Więc jeśli będę chciała spróbować jednego z dzieci - będę mogła, prawda?" zapytała Tisi. "Zawsze zastanawiałam się, jak by smakowały. Przewróciła oczami i powąchała powietrze. Wąż na jej głowie rzucił się w jego stronę.

Eriel zadrwiła. "To nie są zwykłe dzieci, jak te, które prześladujesz w grze. To dzieci obdarzone mocami i zdolnościami. Mimo to będę cię informować i będziesz potrzebować mojej pomocy.

"Twoja pomoc? Pokonać dzieci, zwykłe niemowlęta?!" Trio roześmiało się i zaczęło trzepotać, unosząc się z ziemi za pomocą potężnych skrzydeł nietoperzy. "Pokonamy je, zanim jeszcze zaatakują. Węże syczały i pluły zgodnie.

"Tak jak zrobiliśmy to w białym pokoju. Tak jak zrobiliśmy to z ich przyjaciółką Rosalie. Nie chciała nam powiedzieć, kto został po nas wysłany. Chcieliśmy wiedzieć i byliśmy zmęczeni czekaniem, aż nam powiesz. Więc ją wyciągnęliśmy - powiedziała Meg.

"Tak, i prawie zdradziłaś grę! Szkoda też, że nie zgarnęłaś jej duszy i nie umieściłaś jej w Łapaczu Dusz - powiedziała Eriel. "Teraz są luźne końce. Luźne końce mogą stać się wskazówkami dla tych, którzy ich szukają".

Spojrzeli w niebo i zobaczyli smugę kolorów przypominającą tęczę, która rozciągała się z jednej strony na drugą. Tylko że to nie była tęcza, to była energia. Energia tych, których archaniołowie zwerbowali do zrobienia tego, czego sami nie byli w stanie zrobić.

"Wiemy, że nadchodzą i nie mają z nami szans! wrzasnęła Tisi.

Cóż, udało im się pokonać te infantylne kule ognia, które wysłaliście!" wykrzyknęła Eriel. "Ależ to była marna i amatorska próba! Wstyd mi, że z tobą pracuję! Dobrze, że nikt nie wie o naszych powiązaniach".

Z zaciśniętymi pięściami i zębami Furie nie ruszyły się z miejsca, dopóki Alli nie przełamała lodów.

"Siostry, jego opinia o nas nie ma znaczenia. Dałyśmy z siebie wszystko. Warto było spróbować. Poza tym, mamy już do dyspozycji mnóstwo dusz". Zamieszała w garnku, łyknęła trochę zupy na chochlę, po czym ją wypluła. "Za dużo soli - powiedziała. Dolała wody, potem grzybów i ziemniaków. "Każdego dnia zbieramy więcej dziecięcych dusz. Jestem zmęczona czekaniem, aż przyjdą do nas superbohaterowie. Aż się zorganizują. Kiedy będą wszyscy razem, dlaczego ich po prostu nie zabijemy?".

"Siostro, musisz być cierpliwa.

"Jestem zmęczona byciem cierpliwą. Jestem zmęczona - jestem po prostu zmęczona - powiedziała

Alli. Zamieszała i po wrzuceniu kilku dzikich ziół i przypraw, spróbowała zupy i była dobra. "Kolacja jest gotowa - powiedziała.

"Będziesz cierpliwy i nie będziesz działał - chyba że ci każę. To moja gra i zaprosiłam cię do niej. Beze mnie jesteście tylko trzema bezużytecznymi boginiami, przesypiającymi resztę życia. Kopnął butem w piasek. "I naprawdę szkoda, że musicie spożywać ludzkie jedzenie. Całkiem niezła degradacja - skoro teraz potrzebujecie pożywienia, by przetrwać. Kiedy będę rządził ziemią i wszyscy Łapacze Dusz będą tu mieszkać, wcisnę EARTH PAUSE. Będę rządził ziemią i jeśli dobrze rozegrasz grę. Jeśli zrobisz to, o co cię poproszę, będziesz po mojej stronie. Dzieląc się wygraną. Jeśli wystąpisz przeciwko mnie, wrócisz do prochu".

Po wypowiedzeniu słowa pył otworzył ramiona i skrzydła, uniósł się z ziemi i zniknął.

Furie śpiewały razem, popijając zupę. Węże, które były najbardziej głodne, wylizały ją i chociaż wyczyściły garnek, wciąż chciały więcej.

"Skoro już go nie ma - powiedziała Meg - porozmawiajmy o naszych własnych celach.

Tisi i Alli parsknęły śmiechem.

"Eriel wierzy, że przywróci nas do stanu boskości, ale nie pozwolimy temu archaniołowi przejąć władzy nad ziemią. Kto może powiedzieć, że nie zostawi nas w pyle, gdy już wykonamy całą pracę? Archaniołowie nie zawsze dotrzymują obietnic. My też nie musimy dotrzymywać naszych, prawda siostry?".

"Za kogo on się uważa, że jest Wybrańcem? zapytała Alli.

Meg roześmiała się. "Nic i nikt go nie wybrał, ale wciąż go potrzebujemy".

"Tak - powiedziała Tisi. "Jego zarozumiałość jest jego wadą. Zniżyła głos do szeptu: - Za każdym razem, gdy mówi, osłabia się. Za każdym razem, gdy zdradza innych archaniołów, oddaje trochę więcej swojej mocy".

Po raz kolejny siostry zaczęły śpiewać:

"Krew zwerbowanych dzieci będzie jutrzejszą zupą.

Po kolacji zabawimy się z hula-hoop".

Meg podjęła pieśń,

"Niemowlęta, dzieci złe małe i winne jak gnojki

Powiemy, że pozbędziemy się ich głów, jeśli zdobędziemy całe szczęście!"

śpiewała Alli,

"Córki ciemności kontra dzieci, które nie mają pojęcia.

Niebo spłynie krwią, zanim skończymy!"

Chichotały i syczały, trzaskając biczami i tańcząc, gdy księżyc wznosił się coraz wyżej na niebie. Wyczerpani padli na ziemię i spali w błocie. Węże wolały tę pozycję - i spały - niż syczenie i poruszanie się przez całą noc.

"Dobranoc siostry", powiedziały w kółko, tak jak widziały ludzi w The Walton's w telewizji za pośrednictwem anteny satelitarnej. Był to jeden z ich ulubionych programów. "A rano wrócimy do planu".

ROZDZIAŁ DZIEWIĄTY

PAFHS9

To był konkurs dla Sama i Samanthy, którzy czekali, aby zobaczyć, która grupa dzieci wróci pierwsza. Zwycięzca miał wstawać z bliźniakami każdej nocy przez cały miesiąc, więc stawka była wysoka.

Sam wybrał E-Z, Lię, a następnie Alfreda. Samantha wybrała Alfreda, E-Z, a następnie Lię.

"Ale E-Z jest w Australii", zirytowała się Samantha. "I tak przegrasz. Będę o tobie myśleć - NIE - kiedy będę spać w nocy przez miesiąc".

"Wybrałaś Alfreda, a on leci samolotem! Wiesz, że oni zawsze przesadzają z rezerwacjami i rzadko trzymają się rozkładów lotów. Podczas gdy E-Z może przychodzić i odchodzić, kiedy mu się podoba, a jego wózek inwalidzki podróżuje niesamowicie szybko! Zamierzam wygrać i jestem tego tak pewien, że osłodzę zakład i sprawię, że będzie to sześć miesięcy. Czy jesteś gotowa zwiększyć stawkę?"

Samantha rozważyła tę nową ofertę. Takie zakłady mogą zaszkodzić małżeństwu, a im już i tak brakowało snu, ponieważ oboje budzili się każdej nocy, aby zająć się bliźniakami. Przytuliła go: "Niech to będzie proste. Jeden miesiąc.

"Kurczę - powiedział Sam, owijając ramiona wokół żony. Pocałował ją w czoło, gdy Jill wydała z siebie płacz, do którego wkrótce dołączył Jack. "Ja pójdę - powiedział.

"Chodźmy razem - powiedziała Samanta, biorąc męża za rękę i ruszyli korytarzem.

Mała Dorrit wracała z maksymalną prędkością.

"Nie możemy zejść na dół i napić się czegoś? zapytała Brandy.

"Po prostu nie - powiedziała Mała Dorrit.

"Chodź - powiedziała Lia - to zajmie tylko kilka minut.

"Nie chcę cię straszyć - powiedziała Mała Dorrit - ale mam złe przeczucia i chcę, żebyśmy jak najszybciej opuścili to miejsce.

"Dobrze - zgodziły się obie dziewczyny.

Będąc już prawie w domu, Lia wysłała SMS-a do Samanthy, informując ją, że będą w domu za kilka minut.

"Obie się myliłyśmy - powiedziała.

"Ale jedna z nas nadal będzie musiała wstawać każdej nocy z bliźniakami - powiedziała Sam.

"Będziemy wstawać na zmianę - powiedziała Samanta, gdy razem z Samem, gdy bliźniaki ułożyły się do drzemki, wyszli do ogrodu. Wkrótce zobaczyła Małą Dorrit, podchodzącą do lądowania.

Lia i Brandy wyskoczyły.

"To było naprawdę fajne - powiedziała Brandy. "Dzięki, Mała Dorrit." Przytuliła jednorożca, który odpowiedział: "Nie ma za co".

"Tak, dzięki za opiekę nad nami - powiedziała Lia.

"Opiekując się wami, były jakieś problemy?" zapytała Sam.

"Nic, z czym bym sobie nie poradziła - odparła Mała Dorrit. "Teraz, jeśli nie będziesz mnie potrzebować przez chwilę, chciałabym dostać trochę wody i przekąskę.

"Nie krępuj się - powiedział Sam - i dzięki za opiekę nad naszymi dziewczynkami.

Mała Dorrit mrugnęła do Sama, po czym odleciała i wkrótce zniknęła z pola widzenia.

Po zapoznaniu się z Samem i Samanthą, Brandy zadzwoniła do domu, aby powiadomić matkę, że bezpiecznie dotarli na miejsce.

Kilka godzin później przybyli Alfred, Charles, Haruto i jego babcia. Tak jak poprzednio, zostali przedstawieni, a Brandy i Lia zostały dodane do tej mieszanki.

"Nie możesz być Charlesem Dickensem - powiedziała Brandy z uniesionymi brwiami. "A ty jesteś tylko dzieciakiem, ledwo co wyszedłeś z pieluch

- powiedziała do Haruto, który w odpowiedzi stał się niewidzialny.

"Ups!" wykrzyknęła Brandy. "A ty jesteś wielkim pierzastym łabędziem! Jak zamierzasz pomóc nam pokonać Furie!"

"Po pierwsze - zaczął Alfred - jesteś o wiele bardziej niegrzeczny niż powinieneś. Nawet taki niewyszukany łabędź jak ja ma maniery".

"Anata wa gakidesu!" powiedziała babcia Haruto, co w tłumaczeniu oznacza "Jesteś bachorem!".

Niewidzialny Haruto zachichotał.

Lia wkroczyła i przeprosiła: "Wprowadzę ją. Jest w porządku. Po prostu daj jej trochę czasu na zaaklimatyzowanie się," powiedziała. "Nie wiedziałam, aż do teraz, kiedy zobaczyłam na własne oczy, co potrafi Haruto." Do małego chłopca powiedziała: "Wróć, Haruto, proszę. Nie chciała zranić twoich uczuć".

"Przepraszam - powiedziała Brandy ze wzrokiem spuszczonym na podłogę.

Haruto wrócił, pojawiając się i znikając. Stał z ramieniem wokół talii babci. Alfred i Charles zbliżyli się do nich.

"Właśnie wysiedliśmy z samolotu i jesteśmy zmęczeni - więc pójdziemy się odświeżyć. Kiedy wrócimy, spodziewam się, że założysz jej smycz albo zakleisz usta taśmą klejącą. Albo nauczysz ją dobrych manier - powiedział, po czym ruszył korytarzem z pozostałą dwójką.

"Wow!" powiedziała Brandy. "Po prostu WOW! Powiedziałam, że mi przykro.

"Nie, on miał rację - powiedziała Lia.

Jesteś teraz w naszym domu i nie pozwolimy ci być niegrzeczną dla nikogo.

Sam złożył ręce na piersi, gdy bliźniaczki znów zaczęły zawodzić.

"Muszą być głodne. Nie martw się, poradzę sobie - powiedziała Samanta, ale zanim wyszła, spojrzała na Brandy.

"Brandy, jesteś w dziwnym miejscu, gdzie nie znasz jeszcze nikogo poza Lią i Małą Dorrit - powiedziała Sam. "Jeśli chcesz być częścią tego zespołu i pokonać Furie, musisz współpracować. Obrażanie kolegów z drużyny nie jest skutecznym sposobem na rozpoczęcie współpracy. Sugerowałbym, żebyś przeprosiła jeszcze raz, kiedy wrócą i poprosiła o ponowne rozpoczęcie.

Oczy Brandy wypełniły się łzami: "Byłam po prostu zaskoczona, widząc innych członków zespołu, z którymi będę pracować. Ale masz rację, jeszcze raz przeproszę i poproszę o kolejną szansę. Mam nadzieję, że mi wybaczą. Mama zawsze mówi, że jestem zbyt szczera dla własnego dobra".

Lia uśmiechnęła się. "Pokochasz Alfreda, gdy go poznasz. Po raz pierwszy spotkałam też osobiście Charlesa. Charles jest w dziwnej sytuacji. Kiedy miał dziesięć lat, był rok 1822. Pomyśl o tym. Po raz pierwszy spotykam też Haruto i jego babcię".

"To szaleństwo! James Monroe był wtedy prezydentem - i był naszym piątym prezydentem!" wykrzyknęła Brandy. Mama i tata byliby pod wrażeniem, że zapamiętałam tę informację! A ten dzieciak, to znaczy Haruto, wydaje się zbyt młody, by narażać swoje życie".

Lia roześmiała się, a Sam dołączył do niej, po czym usłyszał, że jego żona wzywa go do pomocy przy bliźniakach i pospiesznie wyszedł z pokoju.

Charles odpowiedział: "George IV był na tronie, kiedy byłem tu ostatnim razem. Przynajmniej nie muszę się martwić o powrót do przytułku w przyszłym roku - powiedział z uśmiechem, który szybko zniknął.

Lia wydała z siebie mimowolny krzyk, a Brandy zalała się łzami i powiedziała: "Tak mi przykro, Charles".

"A więc słyszałaś o przytułkach - powiedział. "Ale ja tu jestem, przeżyłem to i najwyraźniej wykorzystałem swoje doświadczenie, by napisać o takich postaciach jak Oliver Twist i Mała Dorrit, by wspomnieć o dwóch. Tak, czytałem o sobie w Internecie i muszę ci powiedzieć, że nawet sam sobie zaimponowałem.

"Nie poznałaś jeszcze jednorożca Małej Dorrit - powiedziała Lia. "Poszła się odświeżyć, ale wkrótce wróci.

"Kogo? zapytał Charles.

Jak na zawołanie Mała Dorrit ponownie pojawiła się nad ich głowami i szybko wylądowała.

"Mała Dorrit, to jest Charles Dickens. Karolu, to jest Mała Dorrit - powiedziała Lia.

Charles zaniemówił, gdy przyjazny jednorożec wtulił się w niego. "Nigdy nie marzyłem, że spotkam jednorożca.

"Miło mi cię poznać, Charles - powiedziała Mała Dorrit.

Charles westchnął: "I to takiego mądrego!". Miał milion pytań, które chciał jej zadać, ale musiały poczekać, ponieważ na niebie E-Z, Lachie i Baby zbliżali się do lądowania. "Obudziłem się czy śnię?" zapytał Charles. "Uszczypnij mnie, to się upewnię.

Gdy Baby wylądował, a Lachie zsiadł z konia, wszyscy się przedstawili, a E-Z wbiegł do środka, by skorzystać z łazienki. Kiedy wrócił, dołączyli do nich Sam i Samantha z bliźniakami, Haruto i Alfred.

"Gang już jest - powiedział Alfred.

"Czy mogę porozmawiać z tobą i Haruto - zapytała Brandy. Kiedy skinęli głowami, powiedziała: "Bardzo, bardzo przepraszam. Proszę, wybaczcie mi moją niegrzeczność i dajcie mi drugą szansę. Spojrzała na swoje stopy.

"Zacznijmy jeszcze raz - powiedział Alfred.

"Saikai suru", powiedział Haruto, po czym przetłumaczył: "To, co powiedział".

"Anata wa yurusa rete imasu", powiedziała babcia Haruto, co w tłumaczeniu znaczy: "Wybaczono ci".

Dziecko i mała Dorrit stojące obok siebie były bardzo dziwnym widokiem. Mała Dorrit nie była mała, była jednorożcem, który miał ponad 8 stóp wzrostu, podczas gdy Baby nie był dzieckiem, ponieważ miał ponad 18 stóp wzrostu.

"Uh, myślę, że wy dwoje - odnosząc się do Baby i Małej Dorrit - będziecie musieli znaleźć inne miejsce do spania, ponieważ ogród nie będzie wystarczająco duży dla was dwojga" - powiedział E-Z.

Mała Dorrit powiedziała: "Znam miejsce i możemy dostać coś pysznego do jedzenia i trochę wody".

"Brzmi nieźle," powiedziało dziecko.

Babcia Haruto poklepała dziecko po głowie i zapytała: "Josha wa dodesu ka?", co w tłumaczeniu oznacza: "Co powiesz na przejażdżkę?".

Dziecko odpowiedziało: "Tashika ni, tobinotte!", co w tłumaczeniu oznacza: "Jasne, wskakuj!".

Haruto podbiegł i powiedział: "Matte watashi o wasurenaide!", co w tłumaczeniu oznacza: "Poczekaj, nie zapomnij o mnie!".

Mały opuścił się, aby Haruto i jego babcia mogli wspiąć się na jego plecy. Odlecieli, a Mała Dorrit podążała tuż za nimi.

Sam powiedział: "Myślę, że wszyscy powinni się rozgościć, a jutro możecie rozmawiać i planować do woli".

"Dobry pomysł - powiedział E-Z, gdy Baby podrzuciła Haruto i jego babcię. Włosy Sobo stanęły dęba, jakby włożyła palec do gniazdka.

Gdy babcia Haruto zaniemówiła, Samanta zaprowadziła ją do swojego pokoju. "Haruto śpi w moim pokoju," powiedziała.

"Jasne, zaraz wracam. Poszła korytarzem do pokoju E-Z.

"Jak było?" E-Z zapytał Haruto.

"Subarashi!" wykrzyknął, co w tłumaczeniu oznacza "Fantastycznie!".

"Dostarczono nam dziś łóżeczko i kilka łóżek piętrowych - powiedziała Sam - więc Haruto, Charles i Lachie, jesteście z E-Z i Alfredem w ich pokoju. Alfred śpi na końcu łóżka E-Z.

"Dzięki - powiedział E-Z, gdy udali się do jego pokoju. "A tak przy okazji - powiedział, gdy zostali sami - czy ktoś z was miał kłopoty w drodze powrotnej?

Alfred odpowiedział, że nie.

"A co z tobą, Lia?" zapytał w myślach.

"Nie.

"Więc co się stało?" zapytał Alfred.

"Mieliśmy na swojej drodze płonącą kulę ognia.

Lia sapnęła.

"Ale dzięki szybkiemu myśleniu Baby, została zniszczona.

"Jak udało mu się Ją zniszczyć? zapytał Alfred.

"Dziecko połknęło ją, a następnie wrzuciło do oceanu.

"To straszne - powiedział Haruto.

"Nadal trochę martwię się o Baby", powiedział E-Z, "ponieważ w drodze powrotnej zauważyłem, że kaszlał i kichał kilka razy".

Lachie powiedział: "Jedna iskra nawet wyleciała z jego ust i nozdrzy. Mówi, że nic mu nie jest, ale bacznie go obserwuję.

"Nie możemy zabrać go do weterynarza, prawda? powiedział Alfred.

Haruto śmiał się i śmiał.

"Co cię tak śmieszy?" zapytał E-Z.

"Hyoryu Doragon," powiedział. "Hyoryu Doragon!" - co tłumaczy się jako smoczy weterynarz - i znów ryknął śmiechem.

Alfred i E-Z wzruszyli ramionami, podobnie jak Charles, który zmienił temat, pytając, czy pozostali uważają, że powinni wymyślić nową nazwę dla swojej drużyny, ponieważ teraz jest ich siedmiu zamiast trzech.

"Być może - powiedział E-Z.

"Jakie są nasze kluczowe cechy? zapytał Charles.

"Obietnica" - zasugerował Haruto, gdy już się uspokoił i przestał się śmiać.

"Aspiracja - powiedział Charles.

"Wiara - powiedział E-Z.

"Nadzieja - powiedział Alfred.

Samanta nasłuchiwała za drzwiami przez kilka minut. Wszystko brzmiało dość przyjaźnie, więc wróciła, aby porozmawiać z babcią Haruto.

"Haruto zadomowił się z innymi chłopcami i rozmawiają. Jeśli chcesz, możesz przenieść go tutaj jutro. Ma tam swoje własne łóżeczko. Planowali nową nazwę dla swojej drużyny superbohaterów, więc nie chciałam przerywać ich burzy mózgów".

Babcia Haruto skinęła głową: "Dziękuję".

Lia i Brandy były teraz zaangażowane w rozmowę między pokojami.

"Siła x 7," zasugerowały dziewczyny.

"Czasami potrafi czytać w naszych myślach - potwierdził E-Z.

Charles wykrzyknął: "A co z PAFHS7?".

"Podoba mi się", powiedział E-Z, "ale czy nie zapominamy o dwóch kluczowych członkach naszej drużyny? Mam na myśli Little Dorrit i Baby. Są integralnymi członkami i już kilka razy uratowali nam tyłki".

Alfred powtórzył te słowa, podobnie jak Haruto.

"A co z PAFHS9!" zaśpiewały Lia i Brandy.

PAFHS9 nie mogli się powstrzymać, śmiali się - dopóki nie usłyszeli, jak ktoś chodzi nad ich głowami na dachu.

"Co to do cholery było?" zapytał E-Z.

"Yoo-hoo! To my!" powiedział Raphael. "Eriel i ja.

ROZDZIAŁ DZIESIĄTY

RUCKAS NA DACHU

S am zastanawiał się, czy Boże Narodzenie przyszło wcześnie, kiedy wyszedł na zewnątrz w szlafroku, aby zbadać zamieszanie na dachu. Nie mógł zobaczyć, kto tam jest, dopóki nie stanął na środku trawnika.

"Ciii!" wyszeptał. "Właśnie ułożyliśmy dzieci do snu".

Archaniołowie nie odpowiedzieli. Zamiast tego zwiesili głowy jak dwoje skarconych dzieci.

"Chcecie wejść do środka?" zapytał.

"Dziękuję bardzo - odpowiedział Raphael.

POOF

POW

Ona i Eriel zniknęły.

Sam nie ruszył się od razu z trawnika. Jego stopy były mokre od rosy na trawie, a gdy włożył pięści do kieszeni szlafroka, zauważył Małą Dorrit i Dziecko krążące wokół domu.

"Wszystko w porządku na dole?" zapytała Mała Dorrit.

"Tak - odpowiedział Sam - ale na wszelki wypadek nie odchodźcie za daleko. Zagwiżdżę, jeśli będziemy potrzebować pomocy. Pomachał, po czym wszedł do domu, który był teraz wypełniony głosami i szuraniem krzeseł. Zacisnął zęby i miał nadzieję, że bliźniaki śpią spokojnie. W kuchni zauważył, że wszyscy się obudzili, oprócz babci Haruto.

Raphael, która siedziała u szczytu stołu, przypominała teraz kobietę, która była ubrana jak pielęgniarka w hotelu, kiedy uratowano życie Alfreda. Jej długa, lejąca się suknia, przypominająca suknię maturalną, podniosła jej status wśród innych, jakby była siedzącym profesorem lub sędzią.

Eriel, z drugiej strony, zmienił swój wygląd tak, że wyglądał jak zmarły piosenkarz, którego znakiem rozpoznawczym było ubieranie się od stóp do głów na czarno, w tym okulary przeciwsłoneczne z ciemnymi oprawkami.

"Czy potrzebujemy więcej krzeseł? zapytała Samanta.

"Myślę, że wystarczy - powiedziała Sam. "Mam nadzieję, że to nie potrwa długo. Aha, i E-Z, zajmij drugi koniec stołu, ponieważ jesteś naszym wybranym liderem".

"Dzięki - powiedział E-Z, przesuwając się na swoje miejsce. "Więc, co wy tu do cholery robicie w środku nocy?

Brandy roześmiała się: - A kto powiedział, że to ja jestem niegrzeczna?

Lia powiedziała cicho.

Raphael spojrzał na każde z dzieci. Po raz pierwszy widziała Haruto, Charlesa, Brandy i Lachie. Wszyscy byli tak niesamowicie młodzi i odważni. Jej oczy zaszkliły się, gdy spojrzała na E-Z. Pochyliła głowę.

E-Z czekał, a potem zdał sobie sprawę, że Raphael prosi go o pozwolenie na zabranie głosu. Przytaknął.

Zanim przemówił, Raphael poprawiła swoje nowe okulary. To sprawiło, że E-Z wyregulował swoje stare okulary, których, zgodnie z prośbą ich pierwotnego właściciela, nigdy nie zdjął z twarzy.

Charles, który bardzo nietypowo stawał się coraz bardziej niecierpliwy, zapytał: "Proszę pani, dlaczego jestem tutaj jako dziesięcioletni chłopiec, kiedy byłbym o wiele bardziej przydatny dla tego zespołu jako dorosły".

"CISZA! krzyknął Eriel, uderzając pięściami w stół. "Mamy głos. Mów, siostro, bo te dzieci są coraz bardziej niecierpliwe. Ich oczy migoczą i krążą po pokoju. Jakby oczekiwały, że wrzucisz je do gorących kadzi z woskiem!

"Niegrzeczne!" wykrzyknęła Brandy. "Nie boję się ciebie!

"Ciii - szepnęła Lia.

Charles uśmiechnął się do Brandy.

"Powinnaś się bać - powiedziała Eriel z grymasem. "Bardzo się bać.

"Porządek! Porządek!" zawołał Raphael i poczekał, aż wszyscy usiądą i uspokoją się. "Jesteśmy tu tego wieczoru dla TWOJEJ korzyści. Raphael powiedział głośniej niż się spodziewała.

"Tutaj! Tutaj!" wtrąciła Eriel.

"Jak to?" zapytała E-Z.

"Powie ci, jeśli się uspokoisz!" stwierdziła Eriel.

Raphael znów czekał, zanim się odezwała.

"Nie ma czasu na wymyślne plany czy opóźnienia. Furie sieją spustoszenie, z każdym dniem coraz większe, piracąc Łapacze Dusz. Wyrzucają stare dusze w otwartą pustkę. Panuje tam kompletny chaos! I tworzą go więcej z każdą sekundą, minutą, godziną każdego dnia. Krótko mówiąc, trzeba ich powstrzymać. Natychmiast."

"Ale..." Alfred powiedział, "nawet nie wspomniałeś o dzieciach."

Eriel podniósł się z krzesła. Wpatrywał się w Alfreda, zmuszając go do odwrócenia wzroku. "Jeszcze nie skończyła.

Raphael kontynuował tym razem bez wahania.

"My, Eriel i ja, jesteśmy tutaj, aby udzielić ci rady - bez bezpośredniego zaangażowania. Naszą misją jest pomóc wam, pomóc sobie uratować dzieci."

E-Z nie spodobało się to, ani trochę. Uderzył pięściami w stół.

"Zgodziliśmy się już na walkę z Furiami. Najpierw musimy się przygotować, opracować plan. Kiedy będziemy gotowi, zniszczymy je. Jeśli przyszliście tu, by nas popędzać, by pchnąć nas do walki, zanim nadejdzie właściwy czas, to jako wybrany na przywódcę chciałbym się wycofać. Jesteśmy tylko dziećmi, a wy prosicie nas o narażanie życia. Nie jestem, nie jesteśmy, skłonni iść naprzód, dopóki nie będziemy w pełni przygotowani".

Lia wstała jako pierwsza i zaczęła bić brawo, a reszta jej zespołu dołączyła.

"To, co powiedział", Alfred gruchnął, ponieważ łabędzie nie potrafią klaskać.

"Zaczekajcie! powiedział Raphael. "Nie jesteśmy tu, by cię popychać, jesteśmy tu, by ci pomóc.

Kolor Eriel zmienił się z białego na czerwony, co bardzo kontrastowało z jego czarnym strojem. E-Z i pozostali patrzyli, jak cera archanioła nadal czerwienieje, obawiając się, że jego głowa może eksplodować.

"Uspokój się i usiądź! rozkazał Raphael. Eriel wziął kilka głębokich oddechów, po czym opadł z powrotem na swoje miejsce.

Raphael pozostała spokojna z wysoko uniesioną głową. Odsunęła krzesło i wstała. I podnosiła się tak długo, aż znalazła się ponad resztą. Usadowiła się, jakby jechała na magicznym dywanie i przechyliła głowę w prawo, jakby pozowała do selfie.

"Jesteśmy oddani tobie i temu zadaniu, ale nasze moce mają ograniczenia. Jeśli znasz powiedzenie "jesteśmy tu dla ciebie duchem", to tym właśnie jesteśmy. Złamaliśmy dziś wszystkie zasady, przychodząc do twojego domu. Zrobiliśmy to wbrew radom naszych przełożonych i zdrowemu rozsądkowi.

"Przybywając tutaj, naraziliśmy się na niewidzialne i nieznane niebezpieczeństwa, ale jesteście warci ryzyka. Dlatego zdecydowaliśmy się przybyć i zaoferować naszą pomoc osobiście".

"Rozumiemy też, że opracowujecie plan, a my jesteśmy tutaj jako wasze doradczynie. Możecie go na nas przetestować i sprawdzić, czy działa. Jeśli zauważymy jakieś wady, wskażemy je i pomożemy ci.

E-Z spojrzał na członków swojego zespołu, którzy ponownie usiedli. "Rozważamy opcję wciągnięcia bogiń do gry i pokonania ich tam.

"Rozumiem - powiedział Raphael. "Wierzysz, że możesz pokonać je w ich własnej grze, że tak powiem, sprytnie. Całkiem sprytnie, ale obawiam się, że nie dość sprytnie.

"Co masz na myśli?"

"Wymyślili, jak manipulować i kontrolować wszystkich graczy w świecie gier. Znają każdą sztuczkę w książce - ponieważ branża sprawiła, że jest to łatwe, gdy już jesteś w grze. Aby grać, musisz zabijać. Aby awansować, musisz zabijać. Aby wygrać, musisz zabijać.

"W świecie gier E-Z też będziesz musiał zabijać. Gdy to zrobisz, staniesz się zwierzyną łowną dla Furii. Mogą schwytać każdego z was, jednego po drugim. Nie możecie tam działać jako drużyna. Drużyny w grze są tylko iluzją. Żaden gracz nie będzie wolny od ich mściwej intrygi.

"Pamiętajcie, boginie mają mandat, którym jest karanie bezkarnych. I wypełniają go co do joty, bez żadnych "jeśli", "i" czy "ale". Jednak wykorzystują szarą strefę na swoją korzyść. Nic ich nie powstrzyma - pod warunkiem, że będą przestrzegać mandatu". Zatrzymała się i spojrzała na Eriel: - Chcesz coś dodać?

"Na twoim miejscu zaatakowałbym ich na otwartej przestrzeni. Tam, gdzie najmniej się tego spodziewają. To postawiłoby cię w pozycji siły i uczyniłoby ich bezbronnymi.

"Jeśli nas nie zobaczą lub nie wyczują, że po nich idziemy - powiedziała Brandy. "Nadal nie rozumiem, jak zabijają dzieci. Musimy to zobaczyć, by to zrozumieć i wiedzieć, z czym mamy do czynienia. Powiedziałem, że pomogę, ale zdecydowanie oczekiwałem bardziej szczegółowych informacji.

"E-Z - zapytał Raphael - jesteś skłonny zwrócić mi moje okulary? Na krótką chwilę? Dzięki nim będę mógł pokazać ci technikę Furii. Jak usidlają dzieci w grze w czasie rzeczywistym. Brandy ma rację, widzieć znaczy wierzyć, ale nie mogę tego zrobić bez moich oryginalnych okularów. Tylko ty możesz podjąć tę decyzję. Jeśli naprawdę chcesz zobaczyć. Jeśli naprawdę chcesz wiedzieć.

"Spoko - powiedziała Brandy. "Przejdźmy do rzeczy, E-Z.

Eriel spojrzała na sufit. "Ophaniel mnie wezwał. Muszę już iść. Ukłonił się.

ZIP

Zniknął w nocy.

E-Z zdjął czerwone okulary i złożył je, zanim podał je Raphaelowi, który wciąż unosił się nad stołem. Kiedy sięgnęła po okulary, wleciały jej w ręce.

Raphael zdjął jej nowe okulary i wypolerował stare, zanim założył je na jej twarz. Uśmiechnęła się, gdy ona i wszyscy inni w pokoju obserwowali, jak krew porusza się po oprawkach w wężowy sposób, jakby ponownie się z nią zapoznawała.

Kiedy krew w okularach powróciła do swojego przepływu Raphael, założyła je na twarz, a następnie skierowała się w stronę ściany, gdy z jej okularów emanowały potężne, jasne, stroboskopowe światła, jak można by się spodziewać w kinie.

"Zanim zaczniemy - powiedział Raphael - to nie jest dla osób o słabym sercu. To, co za chwilę zobaczycie, jest oceniane jako akompaniament dla dorosłych. Myślę, że Haruto nie powinien tego oglądać.

Samantha powiedziała: "Daj spokój Haruto. Ty i ja możemy pooglądać telewizję w drugim pokoju".

Oboje wyszli. I zaczął się program.

Na ekranie pojawił się mały chłopiec. Około siedmiu, może ośmiu lat. Chociaż był środek nocy, siedział przed komputerem. Na głowie miał słuchawki. Przed jego ustami znajdował się mały mikrofon, który był przymocowany do jego słuchawki.

"Mam cię!" - powiedział. "Potrzebuję jeszcze tylko jednego zabójstwa, a przejdę na następny poziom".

HHIIIIIIIIIISSSSSSSSSSS.

Oni też to słyszeli.

"Jesteś mordercą!"

"Tylko źli chłopcy zabijają - a ty jesteś złym chłopcem. Czy twoja matka wie, jakim jesteś niegrzecznym chłopcem-zabójcą?"

"Gram w grę - powiedział. "To tylko gra i jeśli nie zabiję, nie będę mógł awansować".

"Biedny dzieciak - powiedział E-Z.

Cisza.

Chłopiec wznowił grę. Wkrótce nadszedł czas, by znów zabić. Tym razem się zawahał.

"Kontynuuj. Zabiłeś raz, wiesz, że było fajnie, więc śmiało zabij jeszcze raz. Wiesz, że chcesz."

"Nie!" powiedział.

"To nie ma znaczenia. Jedno zabójstwo to wszystko, czego potrzebujemy!

Wtedy syczenie znów stało się bardzo głośne, głośniejsze, głośniejsze, głośniejsze.

"Przestańcie!" krzyknął.

"Przestań Raphaelu!" krzyknęła Lia.

"Nie mogę - odpowiedział archanioł. "Powiedziałeś, że chcesz zobaczyć, jak to robią. Jeśli któreś z was jest zbyt przerażone, opuśćcie pokój lub zakryjcie oczy. Brandy miała rację, musicie to zobaczyć na własne oczy. Do tej pory ja też tego nie widziałem".

HHIIIIIIIIIISSSSSSSSSSS.

Kontynuuj. Zabiłeś raz, wiesz, że było fajnie, więc śmiało zabij jeszcze raz. Wiesz, że chcesz."

Kontynuuj. Zabiłeś raz, wiesz, że było fajnie, więc śmiało zabij jeszcze raz. Wiesz, że tego chcesz."

Kontynuuj. Zabiłeś raz, wiesz, że było fajnie, więc śmiało zabij jeszcze raz. Wiesz, że chcesz."

"La, la, la, la," śpiewał chłopiec. Próbował zagłuszyć głosy.

"On oszalał", powiedział jego kolega grający w grę. "Wychodzę. Do zobaczenia jutro w szkole, Tommy".

"La, la, la, la!" Tommy śpiewał dalej.

Jego puls przyspieszył. Jego serce biło szybciej. Waliło i waliło, jakby chciało wyrwać się z jego klatki piersiowej. Nie mógł oddychać. Próbował wstać, ale nogi miał jak z galarety.

Usłyszał głos w swojej głowie. Brzmiał jak głos jego matki, ale nim nie był.

"Tak nam wstyd za ciebie, Tommy. Nie zasługujemy na to, by mieć za syna mordercę!".

Drugi głos, który brzmiał jak głos jego ojca.

"Nasz syn nie jest mordercą, kim jesteś? Nie jesteś naszym synem".

Tommy rozpłakał się.

"Jestem mordercą" - powiedział, opadając z krzesła i zwijając się w kłębek na podłodze.

Z ekranu dobiegły jeszcze dwa głosy. Jego brat Alex, jego siostra Katie, śpiewający piosenkę z rodzicami, piosenkę śpiewaną do popularnej dziecięcej melodii o krzaku morwy. Ich wersja brzmiała następująco:

"Tommy jest mordercą, mordercą, mordercą, mordercą, Tommy jest mordercą i już go nie kochamy".

Biedny Tommy był teraz zupełnie sam.

"Nie poddawaj się - krzyczała Lia, choć wiedziała, że Tommy jej nie słyszy.

Na podłodze, zwinięty w kłębek, wyobrażał sobie, że jego matka, ojciec, siostra i brat tańczą wokół niego. Okrążali go jak sęp okrążający ofiarę.

"Tommy jest mordercą, mordercą, mordercą, mordercą, Tommy jest mordercą, a my już go nie kochamy".

Małe serce Tommy'ego było złamane. Wypchnęło się z jego ciała i odleciało.

Furie złapały je i wepchnęły do Łapacza Dusz. Zatrzasnęły drzwi.

Raphael zdjął okulary. Natychmiast skończył się projektor ścienny. Kiedy oddawała okulary E-Z, łza spłynęła jej po policzku.

Cisza wokół stołu była ogłuszająca.

"Przy nich wiedźmy, o których pisał Szekspir w Makbecie, wyglądają na miłe - powiedział Alfred.

"Nie rozumiem, w jaki sposób moja moc kamuflażu lub rozmawiania ze zwierzętami ma pomóc, a nie przeciwko nim - powiedział Lachie.

"Zabiłbym jednego, umarł, wrócił, zabił drugiego, umarł, wrócił i zabił trzeciego" - powiedziała Brandy. "Pozwólcie mi ich dopaść!

"Poczekaj chwilę - powiedział E-Z. "Skoro już to widzieliśmy, musimy o tym porozmawiać. Zanim się zanurzysz. Może powinniśmy powtórzyć głosowanie? Nasz udział musi być jednomyślny.

Sam zabrał głos. "Nie musicie się wstydzić, że odmówiliście. Nikt nie wyznaczył was na zbawców świata.

"On ma rację - powiedział Raphael. "Nikt was nie wyznaczył, ale nie ma nikogo innego, kto mógłby to zrobić.

"Dlaczego wy, archaniołowie, nie możecie tego zrobić? zapytała Brandy.

"Próbowaliśmy wszystkiego, co znaliśmy i zawiedliśmy. Dlatego przyszliśmy do ciebie - powiedział Raphael. "I jedna rzecz, którą chcę wyjaśnić wam wszystkim... Jeśli kiedykolwiek nadejdzie chwila, w której obawiacie się, że koniec jest bliski, to właśnie wtedy przyjdziemy wam z pomocą".

"Jak więc zamierzasz nam pomóc, skoro właśnie powiedziałeś nam, że jesteś bezużyteczny?" zapytał Charles.

"Właśnie o to chciałam zapytać - powiedziała Brandy.

"Jeśli, kiedy, koniec będzie bliski... my archaniołowie otrzymamy inne moce. Dopóki nie będą potrzebne, moce te śpią głęboko we wnętrznościach ziemi.

"W międzyczasie, E-Z, znasz magiczne słowa, by przywołać Eriel na swoją stronę. Te same słowa sprowadzą mnie i innych, jeśli będziesz nas potrzebować.

"Przybędziemy. Będziemy walczyć u twego boku. Ale proszę, nie zmarnuj tego wezwania. Aby starożytne moce się przebudziły, muszą istnieć niezbite dowody na to, że koniec rasy ludzkiej jest bliski.

"A co, jeśli cię wezwiemy, a moce, o których mówisz, nie nadejdą? Co wtedy?" zapytał E-Z.

"Wtedy zginiemy razem z tobą.

E-Z uderzył pięściami w stół.

"Widząc ich w akcji, krew mi się gotuje. Musimy ich pokonać.

"Masz! Tutaj!" zawołał Charles.

"Ale najpierw - powiedział Sam - musisz opowiedzieć o tym dzieciom, zanim wyślesz je do walki. Opowiedz im dokładnie, jak ty i inni archaniołowie próbowaliście pokonać Furie.

"Zastawiliśmy na nie pułapkę, gdy odkryliśmy, że wróciły. Zdradziły nas, wydały, a potem przeniosły się do Doliny Śmierci. Dolina Śmierci jest teraz niedostępna dla archaniołów.

"Poza granicami? Kto sprawił, że tak jest?

"Na to pytanie nie potrafię odpowiedzieć. Wiem tylko, że zespół niezwykle potężnych archaniołów nie był w stanie przebić się przez bariery ochronne, które stworzyli.

"To wszystko?" zapytała Brandy. "Tylko tego próbowaliście i chcecie, żebyśmy teraz przejęli kontrolę. Naprawdę.

Raphael położyła ręce na biodrach - Jesteśmy archaniołami i nasze moce na ziemi są ograniczone. Roześmiała się, "Nasze moce gdzie indziej też są ograniczone."

"Dobra, dobra - powiedziała E-Z. "Rozumiemy to. Nie mamy wyboru, nie bardzo, ale zostaw to nam".

"Bardzo dobrze - powiedział Raphael. "Ale zanim pójdę, Charles, chciałem odpowiedzieć na twoje pytanie. Archaniołowie nie wezwali cię ani nie uwolnili. Uważamy, że twoja obecność tutaj jest przypadkowa.

"Nie sądzimy też, by Furie o tobie wiedziały. Być może jesteś tajną bronią. Możesz mieć w sobie ogromne moce.

"Powiedziałeś, że chciałbyś zostać przywrócony jako dorosły mężczyzna. Twój dzisiejszy wiek jest znaczący. Wierzymy, że dzieci trzymają przyszłość rasy ludzkiej w swoich rękach. Tylko dzieci mogą pokonać czyste zło.

"Ale dlaczego tylko dzieci?" zapytał Charles.

"Ponieważ rodzą się z czystym sercem - powiedział Raphael.

Charles usiadł nieco wyżej na swoim miejscu.

Raphael kontynuował: "Charlesie Dickensie, nie bój się eksperymentować i odkrywać swojego prawdziwego ja. W twoim wnętrzu mogą znajdować się drzwi, które tylko ty możesz otworzyć. Klucz.

"Sam fakt, że istnieje linia krwi między tobą, E-Z i Samem, jest znaczący. Nie bój się zaryzykować wszystkiego, aby znaleźć ten klucz. Jesteś tu, by pomóc ocalić ludzkość. Nie ma co do tego wątpliwości. Wykorzystaj swój czas mądrze. Zrób różnicę."

Charles rozpłakał się, ponieważ do tej pory czuł się bezużyteczny. Pozostali pocieszali go i uspokajali.

"Powodzenia wam wszystkim - powiedział Raphael. POW.

I już jej nie było.

"Kiedy to przetrwamy - powiedziała Lia - a przetrwamy, urządzimy największą imprezę zwycięstwa w historii.

"Charles - powiedział E-Z. "Jeśli Raphael ma rację, możesz być najważniejszym członkiem zespołu. Poświęć trochę czasu na poszukiwanie duszy".

"Jak można przeszukać duszę?" zapytał.

"Medytacja jest jednym ze sposobów - powiedziała Brandy.

"Albo spacery na łonie natury - powiedział Lachie.

"Czas w samotności, po prostu myślenie - zaproponował Alfred.

"Prześpijmy się trochę i kontynuujmy tę dyskusję rano - powiedział E-Z.

"Nie sądzę, że zasnę po obejrzeniu biednego Tommy'ego - powiedziała Lia. "To było nawet gorsze niż sobie wyobrażałam.

"Tak, biedny mały Tommy - zgodził się Alfred.

"Więc wszyscy nadal są w środku?" zapytał E-Z. Wszyscy odpowiedzieli "tak".

"A co z Haruto?"

"Myślę, że nadal będzie", powiedział E-Z, "ale wyjaśnię wszystko Sobo, a ona może to z nim omówić. Całkowicie zrozumiem, jeśli zrezygnują.

"Nie sądzę jednak, że to zrobią" - powiedziała Samanta. "Haruto śpi. Czuł się zawstydzony, ponieważ był zbyt młody, by zobaczyć to, co ty. Jakby był mniej członkiem zespołu.

"Postąpiłaś słusznie, zabierając go z pokoju - powiedziała Sam. "To, czego byliśmy świadkami, było straszne.

"Zgadzam się - powiedział E-Z.

Charles powiedział: "A więc wszyscy za jednego i jeden za wszystkich. Zupełnie jak w "Trzech muszkieterach".

"Zawsze uwielbiałem tę książkę!" powiedział Alfred.

Nawet w najtrudniejszych sytuacjach książki zawsze łączyły ludzi. Każdy członek PAFHS9 miał nadzieję, że jest to jedna rzecz na świecie, która nigdy się nie zmieni.

ROZDZIAŁ JEDENASTY

DEJA VU

E-Z i Sam nie mieli już zbyt wiele czasu dla siebie, ale żadne z nich nie narzekało na to. Samantha martwiła się, że tracą kontakt i była zdeterminowana, aby wszystko naprawić, zaskakując ich wczesnym śniadaniem w Ann's Café.

Przybyły do kuchni w tym samym czasie - ponieważ obie otrzymały SMS-y, aby się ubrać i natychmiast przyjść do kuchni.

"Co jest?" zapytał Sam.

"Tak, co się stało?" zapytał E-Z.

"Nic nie jest nie tak" - powiedziała Samantha. "Wy dwoje macie rezerwację u Ann, więc udajcie się tam teraz - zanim wszyscy się obudzą i będą chcieli do was dołączyć.

Sam pocałował żonę.

"Pomyślałem, że nadszedł czas, abyście znów zjedli razem śniadanie.

E-Z mocno uściskał Samantę.

"Pójdziemy tam sami?"

"Zdecydowanie, wujku Samie.

Sam chwycił swój plecak z laptopem i ruszyli w drogę.

Był piękny wiosenny poranek z mnóstwem śpiewu ptaków, które śpiewały im w drodze do kawiarni.

"Twoja żona jest wyjątkowa.

"Tak, jest jedna na milion".

Wkrótce dotarli do kawiarni. Była prawie pusta, a Ann nigdzie nie było, ale E-Z rozpoznał jej siostrę, Emily. Nie widział jej odkąd był małym dzieckiem.

"Nie zmieniłeś się zbytnio - powiedziała Emily, obejmując go ramionami.

"Ty też się nie zmieniłeś - powiedział E-Z stłumionym głosem, gdy tłamsiła go w swoim obszernym swetrze. "A to jest wujek Sam.

"Widzę podobieństwo - powiedziała Emily, ściskając mocno jego dłoń. "Mam dla ciebie idealny stolik, chodź za mną.

Kiedy minęli ich zwykły stolik, zawahał się i spojrzał na wujka. "Nie masz nic przeciwko, żebyśmy usiedli przy tym?

"Jasne! powiedziała Emily, rozkładając sztućce i podając menu. "Kawy? Sam skinął głową, a ona nalała mu gorący kubek.

"Chcesz to co zwykle?" zapytała E-Z. Siostra powiedziała mi, jakie mogą być.

"Zdecydowanie.

"I to był gęsty koktajl czekoladowy, mam rację?"
Miała rację.

"A ty, Sam? - zapytała. "Co dzisiaj pijesz?"

"Niech będą dwa z tego, co mój siostrzeniec - powiedział - ale wstrzymaj się z gęstym shake'iem. Kawa to jedyny napój, jakiego potrzebuję dziś rano".

"Racja!" powiedziała, po czym poszła do kuchni.

Sam otworzył laptopa, po czym zamknął go ponownie.

"Miło jest przyjechać do miejsca, w którym wszystko jest zawsze takie samo - powiedział E-Z.

"Pewnego dnia powinnam przyprowadzić tu Sama i bliźniaki. Chciałbym wspierać lokalne firmy i to dobry przykład dla Jacka i Jill".

"Zdecydowanie. To miejsce ma dla mnie tylko dobre wspomnienia" - powiedział E-Z. "Ale pewnego dnia pójdę na całość i zamówię coś innego. Muszę dawać dobry przykład moim kuzynom, prawda?".

Sam zaśmiał się, po czym wziął łyk kawy. Chwilę później przyszła Emily i ponownie napełniła kubek. "Jakby miała oczy z tyłu głowy."

E-Z zaśmiał się. Jego umysł krążył wokół pewnego tematu, który chciał omówić: Furie. Jednocześnie nie chciał od razu wdawać się w ciężką rozmowę.

"Moja żona będzie miała dom pełen gości do nakarmienia, kiedy wszyscy wstaną.

"Sobo ci pomoże.

"To prawda, ale nie sądzę, że powinniśmy to wykorzystywać. Chciałbym, żebyśmy mogli zrobić powtórkę, jeśli wiesz, co mam na myśli.

"Zdecydowanie. Więc przejdźmy do rzeczy.

Sam ponownie otworzył laptopa. Tym razem włączył go i wpisał w wyszukiwarkę:

Jak pokonać Furie.

E-Z skinął głową, gdy jego shake został postawiony przed nim. Natychmiast spróbował łyknąć trochę swojego gęstego shake'a, ale był zbyt gęsty, aby cokolwiek wydostało się przez słomkę - i tak właśnie lubił. "Przyda ci się coś?"

"Jest napisane, że Erinyes - lub Furie - można uspokoić tylko poprzez rytualne oczyszczenie.

"Co to znaczy?

"Myślę, że to oznacza, że musiałbyś dokonać czynu - na ich prośbę, jako zadośćuczynienie."

"Czy pokuta nie oznacza tego samego? Nie podoba mi się to - powiedział E-Z. "Nie zrobiliśmy nic, za co moglibyśmy im zadośćuczynić.

"Może też oznaczać odkupienie. Spłatę. Zadośćuczynienie. Restytucja."

"Cztery R, to chwytliwe, ale ponownie pytam, za co będziemy im odpłacać?

"Pomyśl nieszablonowo" - powiedział Sam. "A gdybyś mógł coś zrobić, aby zachęcić ich do wycieczki i pozostawienia dzieci i łapaczy dusz?".

E-Z roześmiał się. "Gdyby był na to sposób, byłoby idealnie. Poza tym zbyt łatwe.

Sam podrapał się po głowie. "Tu jest napisane, że Furie karały mężczyzn i kobiety za zbrodnie po śmierci i za życia. Czyli to, co robią teraz - dzieci, nie dorosłych. Nie wiedziałem o tym.

"Nie rozumiem tylko, dlaczego. Dlaczego teraz wrócili? Co się zmieniło..."

"To świetne pytania, na które nie potrafię odpowiedzieć" - powiedział Sam. "Ale jest coś interesującego. Mówi się, że jako Boginie Losu uniemożliwiły człowiekowi poznanie przyszłości.

"Jak dokładnie?"

"Nie jest powiedziane" - powiedział Sam, gdy Emily przybyła, by odświeżyć jego filiżankę kawy. "Tylko trochę - powiedział. Bał się, że odpłynie do domu, jeśli wypije więcej kawy.

"Twoje śniadanie będzie za chwilę - powiedziała. "Mam nadzieję, że jesteście głodni!"

"Zdecydowanie jesteśmy - powiedział E-Z, próbując ponownie wypić swojego gęstego shake'a i udało mu się trochę wypić przez słomkę.

Emily uśmiechnęła się, po czym poszła przywitać nowych klientów.

"Przed tym wszystkim - powiedział Sam - nigdy nawet nie słyszałem o Furiach. W mitologii greckiej i rzymskiej mówi się, że były to duchy sprawiedliwości i zemsty. Ich inna nazwa Erinyes oznacza gniewne". Przewinął stronę w dół. "Widzę kilka wzmianek w świecie gier. Żaden z przymiotników używanych do ich opisania nie jest sprzeczny z tym, co już wiemy, tj. Furie są złymi, złowrogimi stworzeniami, które nie okazują litości".

"Chciałbym, żeby PJ i Arden wrócili z nami. Z ich wiedzą czarodziejską, założę się, że wiedzieliby, co robić. Odkąd ich straciliśmy, kopałem się za to, że straciłem z nimi kontakt. Wszystko dlatego, że za bardzo zaangażowałem się w bycie superbohaterem. Z pewnością za nimi tęsknię.

"Nie chcieliby, żebyś się kopał. Ja też tęsknię za ich obecnością.

Emily położyła jedzenie na stole i powiedziała: "Smacznego!".

E-Z i Sam jedli łapczywie, nie odzywając się przez chwilę. Po wielu odgłosach rozkoszowania się jedzeniem wznowili rozmowę.

"Właśnie myślałem o planie - pokonać ich w grze. Na pewno brzmiało to dobrze - albo tak nam się wydawało, dopóki Raphael nie powiedziała nam inaczej. Dobrze, że powiedziała nam to wprost, bo w przeciwnym razie... nie chcę nawet myśleć o tym, co mogłoby się stać z którymś z dzieci.

"Wciąż myślę, że Furie muszą mieć piętę achillesową. Pamiętasz tę historię?

"Pamiętam. Jeśli mają jakiś słaby punkt, to nie wiem jaki. Wiemy, że są śmiertelne jak my. Jeśli mogą umrzeć, tak jak my, to przynajmniej będą mieli równe szanse.

"Skupmy się bardziej na ich słabych stronach: gniew, uraza, mszczenie się.

"To są te same rzeczy, za które karzą innych, więc jak to mogą być ich słabości? zapytał E-Z, wpychając sobie do ust porcję naleśników. "Więc dobrze."

Sam skinął głową, "Na pewno są". Wypił kolejny łyk kawy. "To prawda, co oznacza, że możemy być w stanie wykorzystać przeciwko nim te same rzeczy, za które karzą innych.

"Ale jak?"

"Tego jeszcze nie wiem.

"Być może będziemy potrzebować więcej niż jednej wspólnej sesji, aby wszystko dopracować - powiedział E-Z. Jego drugi talerz pełen naleśników został postawiony na stole przed nim.

"Ann właśnie zadzwoniła i kazała mi się upewnić, że przyniosłam dla ciebie drugą porcję naleśników - powiedziała Emily.

"Dzięki. I powiedz Ann, że mam nadzieję, że wkrótce poczuje się lepiej.

"Tak zrobię. Chcesz więcej kawy?

Sam skinął głową, włęc napełniła jego kubek. Kiedy Emily wyszła, powiedział: "Zaraz wracam" i poszedł do łazienki.

E-Z odwrócił ekran w jego stronę i wpisał:

JAK ZABIĆ FURIE?

Pojawiło się kilka odpowiedzi, ale wszystkie dotyczyły tego, jak pokonać trzy boginie jako postacie w świecie gier.

Sam wrócił. "Znalazłeś coś?"

"Nic przydatnego. Chociaż mówi, że korzenie Furii mogą sięgać aż do czasów prehistorycznych".

"Cóż, linia Baby również sięga daleko wstecz.

"Powinieneś był zobaczyć, jak szybko pochłonął tę ognistą kulę! Bez sekundy wahania."

Gdy skończyli posiłek, podziękowali Emily i ruszyli do domu. Byli tak najedzeni, że nie sądzili, że jeszcze kiedykolwiek będą jeść.

"Miło było spędzić z tobą poranek - powiedziała E-Z. "Czułam się jak za dawnych czasów".

"Rzeczywiście. Powtórzmy to wkrótce. W międzyczasie pomyślmy więcej o tym, czego się dzisiaj nauczyliśmy, ponieważ jak mówi stare powiedzenie - tam, gdzie jest wola, jest sposób".

"Prawda, prawda, wujku Samie. Prawda, prawda."

ROZDZIAŁ DWUNASTY

Z POWROTEM W DOMU

Kiedy wrócili do domu, pierwszą rzeczą, jaką zrobił Sam, było objęcie żony. Cieszyła się, że go widzi, ale ręce miała zajęte przygotowywaniem śniadania.

"Cieszę się, że ci się podobało - mruknęła Samanta.

"Czy mogę w czymś pomóc?" zapytał Sam, oceniając sytuację z bliźniakami.

"Wszystko się udało - powiedziała Samantha, gdy bliźniaki wydały z siebie płacz.

Głównie dlatego, że Haruto przerwał na chwilę granie w swoją wersję hon no piku, co w tłumaczeniu oznacza peekaboo. W wersji Haruto robił minę, a następnie obracał się bardzo szybko, aż zniknął, po czym pojawiał się ponownie, a bliźniaczki chichotały.

"To bardzo kreatywne!" powiedział Sam, gdy Lachie wkroczył do akcji, by przejąć tę zabawną rolę.

Lachie od razu przeszedł do kilku imitacji zwierząt i otrzymał entuzjastyczne recenzje od bliźniaków, gdy śmiał się jak kookaburra:

koo-koo-koo-kaa-kaa-KAA!-KAA!-KAA!

Potem przyszła kolej na Charlesa, który zabawiał nas swoją opowieścią o Trzech Głazach.

"Iwa?" powiedział Haruto, co w tłumaczeniu oznacza głazy.

"Tak" - powiedział Charles, gdy E-Z i Sam wycofali się do drzwi, aby również posłuchać historii, podczas gdy Alfred, Sobo, Brandy, Lia i Samantha kontynuowali przygotowywanie jedzenia.

"Dawno, dawno temu - zaczął Charles - było sobie wzgórze, wysoko nad kanałem La Manche. Znajdowało się na nim wiele, wiele głazów. W rzeczywistości było ich zbyt wiele, by je zliczyć.

"Tego szczególnego dnia wielka i ciężka ciężarówka wjechała na wzgórze, skrzypiąc i zgrzytając kołami zębatymi. Kiedy dotarła na szczyt, uruchomiła podnośnik głazów, który zmagał się z ciężarem każdego kawałka kamienia. W ciągu kilku godzin udało mu się zebrać tyle skał, ile tylko mógł. Aż tył ciężarówki był pełny. Ale nie przepełniony. Przepełnienie oznaczało, że głazy staczały się z ciężarówki podczas jazdy, czego należało unikać za wszelką cenę.

"Ciężarówka zjechała ze wzgórza. Opróżniła głazy do innej, większej ciężarówki. Ciężarówka, która była zbyt duża, by w ogóle wjechać na wzgórze i nie miała mechanizmu podnoszącego. Gdy mniejsza ciężarówka znów była pusta, wróciła na wzgórze. Wkrótce znów była pełna głazów.

"Proces ten powtórzono kilka razy, aż większa ciężarówka zapełniła się do samego szczytu. Wszystkie pozostałe głazy musiały zostać przewiezione mniejszą ciężarówką. Teraz, gdy obie ciężarówki były pełne, ciężka praca została zakończona. Nadeszła pora lunchu. Mężczyźni zjedli kanapki i wypili termosy pełne gorącej, słodkiej herbaty.

"Na szczycie klifu pozostały tylko trzy samotne głazy. Byli smutni, ponieważ stracili swoich przyjaciół i czuli się odrzuceni, niechciani, niepotrzebni i wściekli jednocześnie. Odczuwanie zbyt wielu emocji w tym samym czasie może być mylące, ale dzielenie się uczuciami z przyjaciółmi może pomóc, więc trzy głazy omówiły swoją trudną sytuację ".

"Co oni robią ze wszystkimi naszymi przyjaciółmi?" zapytał pierwszy głaz, który nazywał się Rocky.

"Nie wiem" - odpowiedział drugi głaz o imieniu Kamyk. "Być może oni też potrzebują przyjaciół tam, dokąd zmierzają. Na pewno będę za nimi tęsknić".

"Nie," powiedział trzeci głaz, który był starszy i mądrzejszy i nazywał się Craggy. "Nie zabierają ich, by zobaczyli świat. Ani żeby byli ich przyjaciółmi. Czy nie wiesz, że miażdżą nas, by budować swoje drogi?".

"Nie!" krzyknęli Rocky i Pebbles. "Nie mogą zmiażdżyć naszych przyjaciół na papkę!

"Szkoda, że mnie też nie zabrali - powiedział Craggy. "Jestem za stary, by siedzieć tu na górze w taką pogodę. Ostre wiatry przebijają się przez moją zewnętrzną powłokę i nie miałbym nic przeciwko spędzeniu przyszłości jako szosowiec. Przynajmniej wtedy miałbym jakiś cel.

"Cel?" wykrzyknął Rocky. "Nazywasz bycie zmiażdżonym i rozjeżdżanie przez pojazdy każdego dnia i każdej nocy celem?"

"To lepsze niż wieczne siedzenie tu we trójkę. Jestem zmęczony wiatrem, deszczem i wszystkim innym - powiedział Craggy.

"Cóż, jeśli tak bardzo chcesz - powiedział Pebbles - to wystarczy, że stoczysz się z krawędzi. Spadniesz prosto na tył ciężarówki i odjedziesz razem z resztą naszych przyjaciół".

"To za daleko - powiedział Rocky, przetaczając się nieco bliżej krawędzi. "Naprawdę tak bardzo chcesz nas zostawić? Nie możesz znaleźć celu, zostając tutaj z nami? Potrzebujemy cię. Jesteś starszy i mądrzejszy.

Craggy podszedł do krawędzi i zerknął za burtę. To była prawda, ciężarówka była tuż obok. Kilka kropel potu spłynęło w dół. Albo były to krople potu, albo łez.

"To strasznie długa droga w dół - powiedział Craggy. "I nie byłoby w porządku, gdybym zostawił was samych.

A co by się stało, gdybyście nie trafili w ciężarówkę i roztrzaskali się na kawałki! Bylibyśmy tutaj, z tym cudownym widokiem, a wy zostalibyście na dole zupełnie sami.

"Poza tym - powiedział Rocky - pewnego dnia mogą po nas wrócić. W międzyczasie możemy porozmawiać, podziwiać widoki i zaczerpnąć świeżego powietrza".

Pod nimi ciężarówka ponownie ruszyła.

CHUGGA CHUGGA VROOM, VROOM.

"Teraz albo nigdy - powiedział Craggy, gdy ciężarówka odjechała.

"Przynajmniej jesteśmy razem - powiedział Rocky.

"Trzy głazy stłoczyły się ramię w ramię. Odwrócili się plecami do wiatru, oddychali świeżym powietrzem i patrzyli na piękny widok słońca zachodzącego na horyzoncie.

"Morał z tej historii jest taki", powiedział Charles...

Były to ostatnie słowa, jakie E-Z usłyszał, zanim ponownie znalazł się w tym przeklętym silosie.

ROZDZIAŁ TRZYNASTY

SILO

"Witaj z powrotem!" głos w ścianie powiedział z entuzjazmem, który sprawił, że ramiona E-Z napięły się, jakby ktoś na nich stał. Niechętnie zareagował, przetoczył ramiona najpierw do przodu, a potem do tyłu, mając nadzieję na złagodzenie napięcia.

"DOT. DOT," powiedział drugi głos w ścianie, ale tym razem głos był cichszy, prawie szept.

Otworzył usta, by odpowiedzleć, ale nic nie przyszło mu do głowy, więc pozostał cicho, poza trzaskiem palców, który miał nadzieję rozluźnić jego spięte ciało.

Pierwszy głos, bardziej kojącym tonem zapytał: "Widzę, że czujesz się spięty, zmartwiony. Czy jest coś, co mogę ci podać, aby umilić czas podczas oczekiwania? Napój? Książkę? Podróż w twoim umyśle?"

Była bardzo spostrzegawcza jak na głos w ścianie, a to pomogło mu się trochę zrelaksować, jednak nie chciał skorzystać z jej oferty, nie mając pojęcia, na czym polegałaby podróż w umyśle.

"Widzę, że się wahasz..."

Usiadł wyprostowany i wysoki na swoim krześle i bębnił palcami po ramionach, jakby kołysał się do "Smoke on the Water" Deep Purple. On i jego ojciec zmierzyli się na przestarzałej wersji Guitar Hero i świetnie się przy tym bawili. Przypominając sobie teraz ten moment, poczuł się tak, jakby jego ojciec był z nim w silosie.

"Jesteś pewien, że nie chcesz podróży w swoim umyśle?" kobieta w ścianie zapytała ponownie. "Będziesz się świetnie bawić!".

Podmuch. Właśnie użył tego słowa w swoim umyśle, aby opisać Guitar Hero-ing ze swoim ojcem. Bez wątpienia kobieta w ścianie potrafiła czytać w jego myślach.

"O co dokładnie chodzi? - zapytał. "Nie mówię, że chcę się w to bawić, dopóki nie dowiem się więcej na ten temat".

"To miejsce, do którego mogę cię wysłać. Specjalne miejsce, w którym możesz spełnić swoje marzenie".

Brzmiało to niewiarygodnie... i zanim zdążył odpowiedzieć...

DUH DUH DUH,

DUH DUH DUH DUH

DUH DUH DUH

DUH DUH.

Był na scenie, grając na gitarze prowadzącej, z zespołem, który natychmiast rozpoznał jako oryginalny Deep Purple.

Główny wokalista, który opuścił zespół, ale grał na oryginalnej gitarze prowadzącej w Smoke in the Water, nie wydawał się mieć nic przeciwko temu, że E-Z grał teraz swoją rolę i nie robił tego źle. Wokalista dał mu kciuka w górę, a następnie przeszedł przez scenę do miejsca, gdzie E-Z siedział na swoim wózku inwalidzkim. Razem zagrali kilka riffów, a publiczność krzyczała, wiwatowała i biła brawo. Następną rzeczą, jaką wiedział, był powrót do silosu, ale napięte uczucie, którego doświadczył wcześniej, teraz całkowicie zniknęło.

"Dziękuję! To było fantastyczne! Nie potrafię wyrazić, ile to dla mnie znaczyło. Nigdy tego nie zapomnę. Nigdy!" zawahał się i pomyślał, że jedyną rzeczą, która sprawiłaby, że byłoby lepiej, byłaby obecność jego ojca na scenie razem z nim.

"Przepraszam, że nie mogłem dołączyć twojego ojca... ale to była tylko zapowiedź. I nie ma za co. A teraz usiądź wygodnie. Czas oczekiwania to jedna minuta".

"Myślę, że prawdziwa rzecz powali mnie na kolana!" powiedział E-Z, odchylając głowę do tyłu i ponownie przeżywając to doświadczenie, czując się już tak całkowicie zrelaksowany, że mógł się zdrzemnąć.

PFFT.

Tym razem zapach był inny, mięta pieprzowa i coś jeszcze, czego nie potrafił określić.

"To rozmaryn - powiedział głos w ścianie.

"Całkiem orzeźwiający." Miał zamknięte oczy i dryfował w myślach, gdy dach nad jego głową się otworzył. Potrząsnął głową i otworzył oczy, przygotowując się na to, co miało nadejść.

Promienie światła wpadły do metalowego kontenera, odbijając się od ścian. Zakrył oczy, aby ochronić je przed niepokojącym pokazem światła. Kiedy odbijające się iluminacje się skończyły, przez otwarty dach wpadła postać. Co za wejście. To był Raphael.

"Witaj - powiedział. "To było niezłe wejście."

"Zostałem awansowany - przyznał archanioł - i wymagana jest pewna doza rozmachu. Być może w tym przypadku trochę przesadziłem, ale to stosunkowo nowy awans. Wszystkie awanse mają krzywą uczenia się.

"Gratuluję awansu.

"Dziękuję, a teraz przejdźmy do tego, dlaczego tu jesteś.

"Jasne.

E-Z cierpliwie czekała, aż Raphael znów się odezwie, ale przez jakiś czas tego nie robiła. Zamiast tego latała w kółko, jak ptak testujący swoje skrzydła po raz pierwszy. Popisywała się? Jeśli tak, to dlaczego? Wtedy to zobaczył, miała na sobie zupełnie nową parę okularów. Były większe, bardziej charakterystycznie wyglądające z większymi oprawkami i grubszymi soczewkami i sprawiały, że wyglądała jak żeńska wersja pana McGoo.

"Ładne okulary - skłamał.

"Nie były moim pierwszym wyborem - przyznał Raphael - ale będą musiały wystarczyć. Podeszła bliżej miejsca, w którym siedział i zawisła. "Na to wygląda. Zatrzymała się i poruszyła niepewnie.

SKIDOO

Pojawiło się krzesło, na którym usiadła na chwilę.

SKIDOO

I już jej nie było. Ponownie zawisła w powietrzu. Położyła otwartą dłoń na boku twarzy. "Zwrócono naszą uwagę na kilka rzeczy. Nie mam na myśli tego w królewskim sensie, mam na myśli to jak wszyscy archaniołowie.

"Na przykład?

Znowu się wierciła.

"Czy powinnam poprosić ścianę, by rozpyliła trochę lawendy, by cię zrelaksować? Wyglądasz na spiętego.

Potem rzuciła mu się w twarz, krzycząc: "Lawenda nie działa na archanioły! To podłe, ludzkie..." Wzięła głęboki oddech. "Bardzo mi przykro.

"W porządku. Rozumiem, masz mi do przekazania złe wieści. Lepiej jest zerwać opatrunek. Chodzi mi o to, po prostu powiedz mi to wprost".

"Bardzo dobrze. Proszę bardzo.

E-Z pochylił się bliżej: "Dobra, strzelaj".

Z głośników w ścianie popłynęła piosenka, coś o strzelaniu do szeryfa.

Na początku nucił, "Przestań!" rozkazał E-Z. "I powiedz mi, dlaczego tu jestem.

"Chce od razu przejść do rzeczy - powiedziała Raphael do siebie. "No to masz. Przejdę od razu do rzeczy.

"Dobrze, zrób to. powiedział E-Z, pragnąc, by to zrobiła.

"W skrócie - powiedziała - Eriel została złapana na gorącym uczynku - grając dla obu stron.

"W co? Wtedy coś w jego umyśle drgnęło. "Nie, chyba nie masz na myśli, że nas zdradził?

Postukała kościstym palcem w podbródek, podczas gdy E-Z otwierał i zamykał usta jak strzebla wyjęta z wody.

"Tak. Eriel był osobiście odpowiedzialny za śmierć twojej przyjaciółki Rosalie. Był również odpowiedzialny za zniszczenie Białego Pokoju. Cały on. Cały Eriel.

E-Z wziął to wszystko do siebie. Biedna Rosalie. "Czy on nie pracował dla ciebie? To znaczy, czy nie byłaś za niego odpowiedzialna? Jak to się mogło stać na twojej wachcie? Czytałam co nieco o archaniołach, ale zdradzanie dzieci, które zgłaszają się na ochotnika, by ci pomóc, to najniższy możliwy poziom. Domyślam się, że lamparty nie zmieniają swoich plam".

"Nie byłem odpowiedzialny za Eriela. On i ja byliśmy współpracownikami, towarzyszami. Pracowaliśmy razem i myślałem, że się szanujemy. Myliłem się.

"A jednak awansowałeś.

"Awansowałem, ale te dwie rzeczy nie były ze sobą bezpośrednio powiązane. Mogę ci tylko powiedzieć, że Eriel był kiedyś jednym z nas, a teraz nie jest. Po tym, jak zdradził nas i ciebie. Po odwróceniu się od swoich zasad - wszystkiego, za czym się opowiadamy - odszedł. Na stałe."

E-Z sapnął. "Chcesz mi powiedzieć, że Eriel nas zdemaskowała? Masz na myśli mnie i mój zespół?

"Michael, który jest naszym przywódcą, przesłuchiwał Eriel. Trochę to trwało, zanim zmusił go do mówienia. Ale przyznał się do sprowadzenia Furii z powrotem na Ziemię. Wykorzystał je, by wzmocnić swoją pozycję. Nie ma odkupienia. Nie ma przebaczenia dla Eriel.

"Zaniemówiłem. Jak to się stało?

"Gdybyśmy wiedzieli jak, to wiedzielibyśmy dlaczego - a tego nie wiemy. Wiemy tylko, że to Eriel, a Eriel zawsze robl to, co jest dla niego najlepsze. Wiedzieliśmy, że ma problemy, a mimo to dawaliśmy mu szansę, by się wykazał - a kiedy nas zawiódł, wybaczaliśmy mu i dawaliśmy kolejną szansę i kolejną szansę. Wierzyliśmy w niego aż do teraz. Jest skończony. Skończony."

"Skończony? Masz na myśli martwy? Czy archaniołowie umierają? I dlaczego dałeś mu tyle szans? Nie znasz powiedzenia: trzy uderzenia i wylatujesz?

"Tak, słyszałem tę terminologię baseballową, ale jesteśmy archaniołami i wszyscy spodziewamy się porażki lub nawrotu na jakimś poziomie. I masz rację co do incydentu w Ogrodzie Eden. Nasza historia sięga daleko wstecz... ale myśleliśmy, że radzimy sobie lepiej, poprawiamy się. Ja sam jestem patronem młodych ludzi, takich jak ty i twoi przyjaciele.

"Dlatego zasugerowałem, byśmy pracowali razem z wami nad pokonaniem tych okropnych Furii. To Eriel mnie do tego zachęcił. To on cię odkrył. Wysłał do ciebie Hadz i Reiki. Dopóki nie przybyły te okropne siostry, dodawaliśmy coś pozytywnego do waszego życia... Dawaliśmy wam cel. Pamiętasz czasy, kiedy chciałeś się poddać? Nie robiliście tego, bo pomagaliśmy wam iść dalej."

"Rozumiem, że Eriel jest złym człowiekiem. Co to oznacza dla mnie i mojego zespołu? Z mojego punktu widzenia nasza misja została zagrożona. Więc odpadamy i myślę, że powinieneś przejść do planu B.

"Problem polega na tym - powiedział Raphael, po czym zatrzymał się, gdy sufit nad nimi ponownie się otworzył, a Ophaniel przybyła bez żadnego rozkwitu, unosząc się w ich kierunku.

"Dawno się nie widzieliśmy - powiedziała Ophaniel do E-Z. A potem do Raphaela: "Czy jest już na nogach?".

"Tak, jest. I cieszę się, że tu jesteś, bo chce wiedzieć, jaki jest nasz plan B.

Ophaniel skinął głową. "Bardzo dobrze. Mówiąc najjaśniej jak się da, nie mamy planu B, C ani D - ponieważ ty i twój zespół byliście naszymi wszystkimi planami w jednym.

E-Z potrząsnął głową z niedowierzaniem. "Czy wy, archaniołowie, nie słyszeliście powiedzenia: nie wkładaj wszystkich jajek do jednego koszyka?

Ophaniel roześmiał się. "Tak, pochodzi ono od postaci Don Kichota Cervantesa, ale nigdy nie miało dla mnie sensu. Być może dlatego, że my, archaniołowie, nie jemy jajek. Na samą myśl o ich galaretowatej konsystencji - fuj - chce mi się wymiotować.

"Ja też - powiedziała Raphael, zakrywając usta grzbietem dłoni. "Poza ich obrzydliwym wyglądem, po co w ogóle wkładać jajka do koszyka? Dlaczego nie do miski? Jeśli przygotowujesz jajka..."

"Zgoda - powiedział Ophaniel. "Widziałam, jak Jamie Oliver przygotowuje omlet. Najpierw używa miski, a potem je gotuje".

"Bracie, nie wierzę, że wy, archaniołowie, oglądacie telewizję, a co dopiero Jamie Oliver. Potrząsnął głową. "Oznacza to, że jeśli umieścisz wszystkie jajka razem, w jednym miejscu - jak koszyk, miska, patelnia lub cokolwiek wolisz - jeśli upuścisz koszyk, miskę lub patelnię - wtedy wszystkie jajka zostaną rozbite i zepsute przez skorupki - więc nie będziesz miał jajek na śniadanie".

"Ale czy kury nie znoszą jajek każdego dnia? Więc jeśli nie dostaniesz jajek dzisiaj, po prostu wrócisz jutro" - powiedział Ophaniel.

"Co to jest jeden dzień bez jajka? zapytał Raphael.

E-Z otworzył dłoń i uderzył nią w głowę. "Argghh!" Archaniołowie spojrzeli na niego i czekali, aż weźmie bardzo głęboki wdech, a następnie zrobi bardzo głośny wydech. "Co zrobimy z tą sytuacją Eriel?

"Po pierwsze - powiedział Ophaniel - powracają do ciebie dzisiaj, na twoją specjalną prośbę, twoi dwaj przyjaciele...

POP

POP

Pojawili się Hadz i Reiki, lub coś, co przypominało tych dwóch niedoszłych aniołów. Były poczerniałe od sadzy od stóp do głów. Ich płatki były powykrzywiane, podarte, niektóre otwarte i uniesione, inne martwe i uschnięte. Ich skrzydła opadły, jakby zapomniały, jak latać lub nie miały już na to ochoty, a ich twarze wyrażały skrajną rozpacz.

"Co się z nimi stało? - zapytał.

Ophaniel zbliżył się do dwóch wysiedlonych aniołów, a oni cofnęli się.

"Jesteście już bezpieczni - powiedział Raphael miękkim, matczynym głosem, co spowodowało, że zaczęli szlochać, co przerodziło się w zawodzenie.

Ophaniel zakryła uszy, po czym zbliżyła się do E-Z i wyszeptała. "Eriel ich uwięziła. Tym razem znalezienie ich zajęło nam trochę czasu. Biedactwa nie mogły sobie pomóc, bo pozbawił je mocy.

"Biedactwa" - powiedział E-Z.

E-Z, Ophaniel i Raphael odwrócili się w stronę stworzeń. Hadz i Reiki próbowali się uśmiechnąć. Nawet się do niego nie zbliżyli.

Miotały się, jakby odpierały stado sępów.

"Uspokójcie się - powiedział Ophaniel.

Hadz i Reiki przestali się ruszać. Teraz siedzieli jak para brudnych lalek, wpatrując się w nic i w nikogo. Byli cieniem dawnych siebie.

"Nie chcę być nieuprzejmy - szepnął E-Z - ale w ich obecnym stanie nie będą dla nas zbyt pomocni. Jeśli uda ci się nas przekonać do realizacji tego planu w tych okolicznościach".

Słowa E-Z uderzyły w dwóch niedoszłych aniołów jak policzek w twarz.

POP

POP

"To bardzo niegrzeczne i niepotrzebne okrucieństwo!" skarciła Ophaniel, zanim zniknęła.

ZAP

"Pokazałeś nam bardzo okrutną stronę swojego charakteru E-Z Dickens i gdyby twoja matka i ojciec tu byli, wstydziliby się ciebie".

"Przepraszam - powiedział E-Z - ale nigdy nie mów do mnie o moich rodzicach. Dla was, archaniołów, są oni poza granicami. Zrozumiałeś?

Raphael skinął głową.

"Poza tym, nie chciałem zranić ich uczuć. Oczywiście, możemy ich wykorzystać. Jeśli będziemy musieli walczyć z Furiami, będziemy potrzebować wszelkiej możliwej pomocy. Wróć, proszę, Hadz i Reiki. Dajcie mi jeszcze jedną szansę".

Nic.

E-Z spróbował ponownie. "Wróćcie, a będziecie bardzo mile widzianymi członkami naszego zespołu".

POP

POP

Para była teraz czysta i schludna jak dawniej.

"Witajcie z powrotem - powiedział E-Z.

Hadz i Reiki podleciały do niego. Każdy z nich zajął miejsce na jednym z jego ramion. Mimowolnie zadrżeli, bojąc się własnych cieni.

"Wszystko będzie dobrze - powiedział. "Teraz, gdy jesteście członkami naszej drużyny, będziemy was osłaniać.

Próbowali się uśmiechnąć, a on docenił ten wysiłek.

"Co dokładnie Eriel powiedział o nas Furiom?

"Powiedział im, że wysyłamy dzieci, aby je pokonać - to wszystko.

"Tylko tyle wam powiedział? Skąd mamy wiedzieć, że nie kłamie? I jak dowiemy się, jaki jest ostateczny cel Furii?

"Wydaje nam się, że wiemy, że celem Furii i Eriel było opanowanie Ziemi. Zamierzali uderzyć w EARTH PAUSE i zamienić ją w Nowy Hades, czyli piekło na ziemi. Gdzie mogliby rządzić, tworząc zespół dusz, które byłyby na ich łasce. Tak, wypuściliby dusze, aby swobodnie wędrowały, ale kiedy już uzyskałyby wolność - musiałyby z niej zrezygnować".

"Dlaczego mieliby się zgodzić z niej zrezygnować?" - zapytał.

"Ponieważ ludzie, nawet ludzkie dusze, nie są w stanie przetworzyć pojęcia wolności. Zamiast tego wolą być ograniczani. Brak wolności jest ludzkim kocem bezpieczeństwa.

"To kłamstwo - powiedział E-Z. "Strasznie mnie to złości! My, ludzie, potrafimy docenić naszą wolność. Kochamy naturę, możliwość oddychania powietrzem, dzielenia się naszymi myślami i uczuciami z innymi, doceniania świata i wszystkiego, co w nim mamy".

"Wystarczająco wściekły, by walczyć o twoją wolność i wolność innych?" powiedział Ophaniel.

E-Z nawet nie zauważył, że wróciła.

"Tak - powiedział. "Ale powiedz mi, że w tym ich nowym świecie wybieraliby tylko te dusze, które mogliby kontrolować. Co stałoby się z pozostałymi?

"Pływałyby w nieskończoność, bez domów" - powiedział Raphael. "W tym ich nowym świecie życie pozagrobowe zostałoby wyeliminowane. Ziemia na zawsze byłaby w stanie pauzy. Dusze pozostałyby w ciałach, które nie byłyby już żywe, ani martwe. Nie biłoby już żadne serce. Nie rodziłaby się już miłość ani dzieci. Żadnych dusz, które by się wzniosły - nigdy więcej".

E-Z milczał, myśląc, biorąc to wszystko do siebie.

Głos w ścianie zapytał: "Czy ktoś chciałby coś przekąsić?".

"Nie, dziękuję", powiedział, ale był zadowolony z przerwy, ponieważ przywróciła go do chwili obecnej. "Rozumiem, do czego Eriel wykorzystała Furie. Pozostaje faktem, że jest archaniołem takim jak ty i wiedziałeś, że ma problemy, a mimo to dawałeś mu szansę za szansą, nawet gdy na to nie zasługiwał. Więc teraz zastanawiam się, dlaczego my, ja i mój zespół mamy naprawiać to, co spieprzył jeden z twoich własnych archaniołów?".

"Ponieważ..." zaczął Raphael.

"Jeszcze nie skończyłem - powiedział E-Z - zanim ty i Eriel odwiedziliście mój dom, kiedy poznał moją rodzinę i innych członków zespołu, myśleliśmy, że jest po naszej stronie. Widział, gdzie mieszkamy. Wie o nas wszystko. Przez niego jesteśmy w poważnym niebezpieczeństwie.

"To prawda - powiedział Ophaniel.

"Niezaprzeczalna i bardzo nam przykro - powiedział Raphael.

"Niech Eriel ich odwoła. To on stworzył ten bałagan i powinien go naprawić. Zacisnął pięści na ramionach fotela, powodując, że Hadz i Reiki podskoczyli i zadrżeli. Poklepał niedoszłe anioły po głowach. "W porządku, przepraszam, że was zdenerwowałem.

"Brawo! wiwatowała Hadz.

"Hurra!" zawołała Reiki.

Raphael i Ophaniel powiedzieli zgodnie: - Eriel jest uwięziony głęboko we wnętrznościach ziemi. Jest w miejscu, do którego żaden człowiek nie powinien się zapuszczać. Krótko mówiąc, nie można do niego dotrzeć.

"Ale raz uciekliśmy z kopalni - powiedziała Reiki.

"Dwa razy - powiedział Hadz.

"On nie jest w kopalniach, jest w innym miejscu, dalej w dół, nie tak daleko w dół jak w pożarach, ale w innym miejscu, gdzie jest tak zimno, że wszystko zamienia się w lód, nawet krew płynąca w żyłach. Miejsce, w którym żaden człowiek nie mógłby przetrwać!

"Eriel jest tam również bezsilny, ponieważ został pozbawiony mocy. Jest pod kluczem, nikogo nie widzi. Nic nie słyszy. Nigdy nie zostanie wypuszczony z tego miejsca - NIGDY.

"Chcę z nim porozmawiać - powiedział E-Z. "Muszę zadać mu pytania - pytania, na które tylko on może odpowiedzieć.

Raphael i Ophaniel krzyknęli: "Nie możecie! Nie wolno wam!"

"W takim razie wycofuję wsparcie mojego zespołu. Proszę, odeślijcie mnie do mojego domu. Haruto i pozostali mogą wrócić do swoich rodzin." Przestał mówić, gdy w jego umyśle pojawił się błysk PJ i Ardena. Jeśli nic nie zrobi, utkną w śpiączkach, być może na zawsze.

Przypomniał sobie wszystkie chwile, kiedy mu pomagali. Jego pierwszy dzień w szkole na wózku inwalidzkim. Czas, kiedy ponownie wprowadzili go do gry w baseball - wszyscy chłopcy z drużyny byli na boisku, aby go powitać. Czas, kiedy pomogli mu przejść przez to wszystko, gdy zmarli jego rodzice. Łza spłynęła mu po policzku. Otarł ją.

"Bierzcie go!" zagrzmiał głos w ścianie.

Nagle zrobiło się bardzo, bardzo zimno. Tak zimno, że wyobraził sobie, jak krew w jego żyłach zamienia się w lód.

ROZDZIAŁ CZTERNASTY
ERIEL NA LODZIE

Zupełnie sam. Tak bardzo sam. I tak zimno, tak bardzo zimno. Czuł się jak wewnątrz wydrążonej kostki lodu. Kiedy wziął wdech, lód wypełnił jego płuca.

Podszedł do krawędzi. Wdychał go. Zamgliło się. To nie była kostka lodu, to była szklana kostka. I miała uchwyt. Wyglądał jak zrobiony z medalu. Obawiając się, że jego skóra się do niej przyklei, użył koszuli i otworzył ją.

W środku znajdowała się kolekcja ciepłych koców, kołder, swetrów, czapek, rękawiczek - wszystko. Sięgnął do środka i okrył się.

Gdy włożył ręce w kardigan, jego umysł powrócił do czasów, gdy jego ojciec nosił podobny sweter na wyjeździe na narty. Był zielony, tak jak ten, i z zewnątrz wydawał się szorstki w dotyku, ale wewnątrz był ciepły jak tost. Gdy naciągnął go na siebie i zapiął z przodu, jego nozdrza wypełnił dębowy zapach ulubionego balsamu do golenia ojca. Ogarnęło go silne uczucie deja vu, gdy włożył palce w parę czarnych aksamitnych rękawiczek - rękawiczek, które, jak przysięgał, należały do jego ojca. Nie mogły jednak należeć, ponieważ wszystko zostało zniszczone w pożarze. Owinął ramiona wokół siebie, próbując się rozgrzać. Uznał, że to zimno opanowało jego ciało i umysł.

Odsunął kilka innych przedmiotów, odkrywając na dnie pudełka koc, który od razu rozpoznał. Ręcznie dziergany przez jego matkę na sofie noc po nocy, a kiedy został ukończony, zajął swoje miejsce - na oparciu skórzanej sofy. Do oglądania filmów i zasłaniania oczu, gdyby wydarzyło się coś strasznego.

Zdjął rękawiczki i dotknął go, aby sprawdzić, czy jest prawdziwy, a następnie przyłożył go do policzka. Dotarł do niego kwiecisty zapach perfum matki, który go pocieszył. Łza spłynęła mu po policzku, gdy ponownie założył rękawiczki, a następnie owinął koc matki wokół swetra ojca. Nosił koc jak kaptur i obserwował otoczenie.

Nad jego głową, ale skierowane w dół ostrymi kolcami, znajdowały się stalaktyty wykonane z lodu we wszystkich rozmiarach i kształtach. Gdyby jeden z nich spadł, przebiłby czubek jego czaszki i przeszedłby przez niego aż do palców u stóp. Żałował, że nie ma czapki budowlanej.

BINGO

Na jego głowie pojawił się żółty kask, potem kolejny i kolejny. Poczuł się jak Ciekawski George i uśmiechnął się. Teraz był gotowy na wszystko.

Szukał drzwi, posuwając się wzdłuż ścian sześcianu. Nie było widać żadnej klamki. Do jakiego więzienia go wrzucili?

W końcu znalazł krawędzie na środku prawej ściany. Zdjął rękawicę i paznokciem zdrapał powierzchnię tego, co wkrótce odkrył jako okno. To, co zobaczył, nie sprawiło, że poczuł się mniej zaniepokojony. Jego sześcian był jednym z wielu ciągnących się wzdłuż tunelu jak okiem sięgnąć. Żaden z pracowników nie był widoczny za przeszklonymi oknami swoich boksów.

Chuchnął na szybę i napisał słowo "POMOC!" pisane wspak, na wypadek gdyby ktoś je zobaczył. Potem szybko je wymazał, pamiętając, do kogo przyszedł: Eriel.

E-Z przesunął się wzdłuż przedniej części sześcianu, na drugą stronę i po raz kolejny znalazł ramę, co do której był pewien, że jest oknem. Zdrapał powierzchnię i wkrótce znalazł tego, kogo szukał: zdrajcę.

Niegdyś potężny archanioł wyglądał żałośnie, jakby ktoś ukłuł go szpilką i wypuścił całe powietrze. Jego ciało było przymocowane do ściany. Na początku E-Z myślał, że przytrzymuje go grawitacja lub jakaś niewidzialna siła, ale po bliższym przyjrzeniu się zdał sobie sprawę, że całe ciało Eriela znajduje się w grubym bloku lodu. Kostka Eriel została uformowana do jego ciała, dlatego lodowata woda wypełniała każdy zakamarek jego postaci, a on, w przeciwieństwie do E-Z, nie miał dostępu do koców.

CLANK. CLANK. CLANK.

E-Z obrócił szyję w lewo, gdy usłyszał odgłos kroków. Czuł, że coś się zbliża, ale nie mógł tego zobaczyć.

CLANK. CLANK. CLANK.

E-Z potrząsnął głową. Musiał się skupić, pozostać w chwili obecnej, a jednak doświadczał kolejnego dziwnego uczucia déjà vu.

Jego umysł powrócił do snu, który miał jakiś czas temu o przyjęciu urodzinowym z PJ i Ardenem. W tym śnie pojawiła się zakapturzona postać, wydająca podobny dźwięk. Sen dotyczył odnalezienia zaginionej czapki z daszkiem.

Gdy dźwięk stał się ogłuszający, dostrzegł postać, która była wojownikiem, większym niż życie, ze skrzydłami wielkości dwóch dorosłych klonów. W jednej ręce archanioł dzierżył złotą tarczę, a w drugiej miecz. E-Z zasłonił oczy, gdy światło uderzyło w kadłub miecza.

CLANK. CLANK. CLANK.

Archanioł zatrzymał się przed Erielem, który nie podniósł wzroku na przybysza.

Dopóki się nie zatrzymał, E-Z nie zauważył ogromnych skrzydeł archanioła, które podczas jego marszu pozostawały w spoczynku. Teraz wojownik podniósł się, tak że twarze jego i Eriel znalazły się na tym samym poziomie.

"Masz gościa - powiedział.

Oczy Eriel pozostały spuszczone.

"Twoje oczy mnie nie zwiodą - powiedział wojownik. "Zawstydziłaś samą siebie. Zawstydziłaś nas wszystkich - a mimo to nie czujesz żalu i nie żałujesz. Przemów do mnie. Powiedz mi, dlaczego w ogóle powinienem pozwolić ci mieć gościa.

Eriel nadal wpatrywała się w podłogę, mamrocząc coś niesłyszalnie.

"Odezwij się! - zażądała wojowniczka.

"Wyrażam skruchę! Eriel wypluła. "Żałuję, że nie..."

"Milcz! - zażądał wojownik.

CLANK. CLANK. CLANK.

Teraz wojownik stał po drugiej stronie szyby, twarzą w twarz z E-Z.

"Jestem Michael - powiedział.

"Cześć, jestem E-Z. Znał głos tego mężczyzny. To on rozkazał Raphaelowi i Ophanielowi, by pozwolili mu porozmawiać z Eriel.

"Powstań - powiedział Michael.

"Nie mogę chodzić - powiedział.

"Możesz, jeśli ja tak powiem - wyjawił Michael - i ja tak mówię. Powstań E-Z Dickens!"

E-Z poczuł się jak jeden z tych, którzy przygotowują się do uzdrowienia podczas nabożeństwa w telewizji. Niechętnie podniósł się z krzesła. Nogi lekko mu się chwiały, głównie ze strachu niż z niedowierzania. W końcu Michał był najpotężniejszym archaniołem. Kilka sekund później E-Z stał wysoki wewnątrz lodowej ściany.

"Prosiłeś o rozmowę z tym czymś, tym upadłym czymś tam na ścianie. Nie pomoże ci, ponieważ jest zepsuty do szpiku kości. A jednak POWINIEN ci pomóc. POWINIEN pomóc nam wszystkim, aby uchronić się przed zamianą w lodową rzeźbę - stały element tego miejsca".

Z każdym wypowiedzianym słowem głos Michaela sprawiał, że E-Z czuł się silniejszy i bardziej pewny siebie.

Eriel podniósł wzrok.

Przez sekundę E-Z coś w nich dostrzegł. Czy to była porażka? A może wyrzuty sumienia?

Eriel zamknął oczy, gdy jego ciało zwiotczało w lodowym więzieniu, które go trzymało.

"Chyba zemdlał - powiedział E-Z.

CLANK. CLANK. CLANK.

Michael wrócił, by przyjrzeć się bliżej swojemu lodowemu więzieniu. Z czubka jego buta wysunął się wąż i zaczął pełznąć w kierunku twarzy Eriel. Pełzał w górę, w górę, z rozwidlonym językiem poruszającym się tam i z powrotem, jakby był głodny krwi.

Ciało mojego przyjaciela topi się w kierunku twojej twarzy, Eriel. Nie otworzysz oczu i nie przywitasz się?".

Eriel otworzył oczy, a widząc węża wspinającego się po jego ciele, wydał z siebie krzyk.

"GARUUUUUUUUUUUMMMMMMM!"

Michael pstryknął palcami i wąż przestał się poruszać. Używając paznokcia, Michael zeskrobał lód. W jego wnętrzu ciało Eriela wibrowało. Jakby został porażony prądem.

"MMMMM,hhhhh,MMMMMMM!"

"Przestańcie!" E-Z płakał zakrywając uszy. "Proszę!"

Michael przestał szarpać. Podniósł rękę, a wąż owinął się wokół niej i wślizgnął z powrotem do buta.

"Ten chłopak okazuje ci litość, Eriel. To więcej niż na to zasługujesz".

Eriel nadal jęczała z rozpaczy.

Michael kontynuował, zwracając się do E-Z: - Dam ci pięć minut na zadanie Eriel wszelkich pytań, jakie możesz mieć.

Następnie zwrócił się do Eriel: "Możemy zmusić cię do rozmowy z nim, ale wolałbym, gdybyś zdecydowała się mu pomóc z własnej woli. Pewnego razu zdecydowałaś się uratować życie tego młodego chłopca. On z kolei spłacił swój dług. Teraz nas zdradziłeś i musisz odzyskać nasze zaufanie".

Michael podniósł stopę i kopnął lodową konstrukcję, w której zamknięta była Eriel. Zatrzęsła się, ale nie pękła ani nie roztrzaskała.

"Obrzydzasz mnie! Oczekujesz, że ten ludzki chłopiec naprawi twoje błędy. Że naprawi twoje krzywdy. Mimo to chce dać ci szansę, byś odpowiedziała na jego pytania. Więc pomóż mu. To twoja jedyna szansa, twoja jedyna okazja, by udowodnić nam, że wciąż masz w sobie coś, co warto ocalić. Jakąś część ciebie, która jeszcze nie zgniła doszczętnie.

Eriel podniósł wzrok, "Panie." Opuścił je ponownie.

"Można ci wybaczyć, ale jeśli nie zdecydujesz się mu pomóc, twój brak współpracy zostanie należycie odnotowany.

Oczy Eriel pozostały skupione na podłodze.

"Rozumiesz? zapytał Michael. Kiedy Eriel nie odpowiedziała, głos Michaela zagrzmiał: "CZY ROZUMIESZ?".

Wydawało się E-Z, że lód wokół niego zatrząsł się i zadrżał na sam dźwięk głosu Michaela i po raz kolejny był wdzięczny za wszystkie hełmy chroniące jego czaszkę. Miał nadzieję, że to wystarczy, w przeciwnym razie zostałby pochowany w tym miejscu z Eriel i Michaelem na zawsze i nigdy więcej nie zobaczyłby Wujka Sama ani swoich przyjaciół.

Eriel skinęła głową.

"Pięć minut - powiedział Michael.

CLANK. CLANK. CLANK.

I już go nie było.

On i Eriel zostali sami.

E-Z zbliżył się do Eriel i zapytał: "Jak możemy pokonać Furie?".

Eriel otworzył usta, by coś powiedzieć, ale nic nie powiedział. Zamknął oczy.

"Proszę - błagał E-Z. "Proszę, pomóż nam.

CLANK. CLANK. CLANK.

Michael już wrócił. Nie mogło minąć pięć minut - jeszcze nie. Niczego się nie nauczył, zupełnie niczego od Eriel.

Eriel z zaciśniętymi zębami wyszeptał trzy słowa: "Użyj okularów Raphaela".

"Co?" E-Z krzyknął, uderzając pięściami w lodową ścianę. "Jak?"

Następną rzeczą, jaką wiedział, był powrót do kuchni. Nie miał już na sobie ubrań rodziców, ale w powietrzu unosił się zapach balsamu do golenia ojca i perfum matki. Przytulił się i słuchał, jak Charles wyjaśnia morał swojej historii.

"Morał mojej historii", powiedział Charles, "jest taki, że wszystko jest lepsze, gdy masz przyjaciół, z którymi możesz się tym dzielić".

"E-Z powiedział, gdy Samantha ogłosiła, że śniadanie zostało podane.

"Ustawcie się tutaj. Weź talerz, serwetkę i sztućce. Częstujcie się - powiedziała. "To szwedzki stół.

Sobo powiedział "Sumogasubodo!" do Haruto, który pisnął z zachwytu.

"Zrobiłam trochę sushi - powledziała Samanta. "To był mój pierwszy raz.

Sobo skinął głową: "Dziękuję, ale następnym razem pozwól, że ci pomogę".

Samanta skinęła głową: "Byłoby wspaniale".

E-Z przesunął swoje krzesło do przodu.

Wujek Sam szepnął idąc obok niego: "Gdzie poszedłeś? To znaczy byłeś tam i było tam twoje krzesło, ale byłeś też gdzie indziej, prawda?".

"Tak, wyjaśnię to później. Potrzebuję czasu, aby przetworzyć wszystko, co się wydarzyło. Daj mi kilka minut. A tak przy okazji, dzięki.

"Za co?" zapytał Sam.

"Za śniadanie, było jak za starych czasów. Świetna zabawa.

"Upewnijmy się, że wkrótce to powtórzymy.

"Zdecydowanie - powiedział, gdy szedł do swojego pokoju.

ROZDZIAŁ PIĘTNASTY

HOME SWEET HOME

Teraz, gdy byli sami, dobrze było wiedzieć, że Eriel nie stanowi już dla nich fizycznego zagrożenia. Został obezwładniony dzięki Michaelowi, ale dopiero po tym, jak wszystkich zdradził.

Eriel posunął się o wiele za daleko, ale dlaczego? Dlaczego miałby zdradzić swój własny gatunek? Dobrze wiedział, że Michael jest od niego potężniejszy. To nie miało sensu.

POP.

POP.

"Witaj w domu! - powiedział.

Hadz i Reiki wylądowały przed nim na łóżku: "Dziękuję, E-Z. Zawsze traktujesz nas uprzejmie.

"Przykro mi, że Eriel był dla was taki okropny. Dobrze, że jest teraz zamknięty. Zasłużył na to.

"Co o nich myślisz? zapytała Hadz.

"Nie jestem pewien, co masz na myśli.

"Wysłaliśmy skrzynię.

"Och, może to nie zadziałało - powiedziała Reiki.

"To byliście wy? Oczy E-Z zaszły łzami.

"Cieszę się, że dotarło bezpiecznie - powiedziała Hadz, a na ich twarzach pojawiły się takie uśmiechy, że wydawało się, że reszta ich rysów została pomniejszona.

"Bardzo wam dziękuję. Myślałem, że wszystko, co należało do moich rodziców, zostało zniszczone w pożarze. Wziął głęboki oddech walcząc ze łzami. "Żałuję tylko, że nie mogłem zabrać tego ze sobą. Chociaż to wiele znaczyło, nawet mieć to tylko dla..."

ZAP.

"Wystarczyło, że powiedziałaś słowo. W końcu są twoje", powiedzieli.

To było tam, na końcu jego łóżka. Skrzynia jego rodziców, lub to, co nazywali pudełkiem na koce. Znajdowały się w niej skarby, przez które przeszedł jako dziecko. A teraz była jego. Namacalna skrzynia skarbów wypełniona wspomnieniami o jego rodzicach.

"Ale jak?" zapytał.

"Udało nam się uratować kilka rzeczy, wchodząc i wychodząc, gdy dom płonął" - powiedział Hadz.

"Postanowiliśmy przechować je dla ciebie, dopóki nie będziesz gotowy, by je odzyskać. Mamy nadzieję, że wyczucie czasu było właściwe.

Ruszył jak we śnie w stronę skrzyni i otworzył wieko. Woń piżmowo-drzewnego zapachu po goleniu ojca zmieszana ze słodko-cytrusowymi perfumami matki przywitała go jak uścisk. Ostrożnie, aby nie wypuścić wszystkiego za jednym razem, delikatnie zamknął pokrywę.

"Nie potrafię wam wystarczająco podziękować. Nigdy nie będę w stanie wam podziękować. Przejdę przez wszystko innym razem. Jeszcze raz bardzo wam dziękuję". Wyciągnął ręce, a dwa niedoszłe anioły wleciały w nie.

"Robi się zbyt ckliwy - powiedziała Hadz.

"Ktoś ci powiedział, że potrzebujesz fryzury?" zapytała Reiki.

E-Z przeczesał palcami włosy i pogładził środkową część, która z powodu przebywania w mroźnych wnętrznościach ziemi sterczała jak włosie na szczotce. "Lepiej?

"Trochę - powiedział Hadz.

"Dobra, muszę się skupić. Pozostali będą tu wkrótce, aby uzyskać aktualne informacje na temat sytuacji Eriel. Muszę im opowiedzieć o Michaelu. Myślisz, że będą pod wrażeniem, że go poznałam?

"Nieważne, czy będą pod wrażeniem - powiedział Hadz. "Liczy się to, czy Eriel powiedziała ci coś wartościowego?

"Tak, ale wciąż próbuję zrozumieć, co miał na myśli.

"Powiedz nam, może uda nam się rozwiązać zagadkę!

"Co kto miał na myśli?" zapytał Alfred, wbijając dziób do pokoju.

"Wejdź - powiedział E-Z.

Alfred wtoczył się do środka. Był to sezon linienia i kilka piór trzepotało za nim. "Witajcie Hadz, witajcie Reiki."

"Cześć - odpowiedzieli.

"Długa historia, ale przechodząc do rzeczy, zostałem wezwany z powrotem do silosu, gdzie Raphael i Ophaniel poinformowali mnie o sytuacji związanej z Eriel. Pracował na wszystkie strony. Udawał, że jest sprzymierzony z nami, archaniołami i Furiami. Nie martw się, jego zdrada została odkryta, został schwytany i uwięziony. Jest pod strażą archanioła Michała, który pozwolił mi krótko porozmawiać z Eriel.

"I co powiedział Eriel?" zapytał Alfred.

"Miałem czas, by zadać mu tylko jedno pytanie. Zapytałem go, jak możemy pokonać Furie. Dlatego tu przyszedłem, aby przemyśleć to, co powiedział.

"Więc chciałaś być sama? zapytał Alfred. "Chodźcie, Hadz i Reiki, dajmy E- trochę ciszy i spokoju. Ruszył w stronę drzwi, ale oni pozostali na swoich miejscach.

"Rozwiązany problem to wspólny problem", śpiewali.

"Prawda. I to był morał historii Charlesa."

"Zbierzcie się. Zrobił pauzę, po czym powiedział: "Eriel powiedziała, że powinniśmy użyć okularów Raphaela".

"Zgadza się, to wszystko? powiedział Alfred. "Rozumiem, dlaczego nie jesteś pewien, co miał na myśli. To bardzo niejasne.

"Wiem. I nie powiedział, jak ich używać.

Hadz pochylił się i szepnął coś do Reiki.

POP.

POP

I już ich nie było.

"Może zacznij od początku. Powiedz mi dokładnie, co powiedziała ci Eriel.

"Już to zrobiłem. Powiedział, żebyś użył okularów Raphaela. To było to. Michael miał nas na zegarze. Na początku myślałem, że Eriel nie powie ani słowa. Powiedział te trzy słowa i czas się skończył. Następną rzeczą, jaką wiedziałem, było to, że znów tu jestem".

Alfred przeszedł się i zauważył pudełko z kocem na końcu łóżka. "Co to jest?"

"Należało do moich rodziców - powiedziała E-Z, walcząc z szlochami. "Hadz i Reiki uratowali go z pożaru. Powiedzieli mi tylko, że uratowali go dla mnie - narażając nawet swoje życie.

"To było takie troskliwe z ich strony. Przeszłaś już przez to?

"Nie, ale to zrobię.

"Jaki był Michael?

"Bardzo brzęczał, kiedy chodził. Przypomniało mi to sen, który miałam o PJ, Ardenie i gilotynie.

"Pamiętam, jak opowiadałaś nam o tym śnie. Czy był tak przerażający jak kat?".

"Michael był bardzo zły i słusznie. Eriel go zdradziła, wszystkich archaniołów i nas. Nie rozumiem tylko, co może być warte takiego ryzyka?

"Władza - niektórzy ludzie zrobiliby wszystko, by ją zdobyć. Ale musimy wymyślić, jak możemy użyć okularów Raphaela, aby powstrzymać plan Eriel i Furii.

E-Z zdjął je z twarzy. Kiedy je nosił, krew nie pulsowała i nie poruszała się w oprawkach, tak jak wtedy, gdy nosił je Raphael. Na nim wyglądały jak każde inne okulary.

"Rozkaż okularom coś zrobić - zasugerował Alfred.

"Okulary znikają - rozkazał E-Z.

Upuścił je i wylądowały na podłodze.

E-Z westchnął. W tym przypadku dwie głowy zdecydowanie nie były lepsze od jednej. Roześmiał się.

"Dobrze było zobaczyć Hadza i Reiki z powrotem. Zostaną tu na dłużej? To znaczy, żeby nam pomóc?

"Są, ale ostatnio wiele przeszli i mogą cierpieć na PTSD - zespół stresu pourazowego.

"Tak, wiem. Co się stało?

"Eriel się wydarzył, ot co. Siał chaos i spustoszenie na Ziemi i wszędzie indziej. E-Z przerwał. "A gdybym użył okularów do zmiany formy?

"I co byś zrobił?"

"Gdybym mógł zmienić formę, mógłbym odwiedzić Furie jako Eriel.

"To zadziałałoby tylko wtedy, gdyby nie wiedzieli, że został złapany - powiedział Alfred.

"Tak, ale gdyby nie wiedzieli. Pomyśl o szkodach, jakie mógłbym wyrządzić. Mógłbym tam wejść. Pomyśleliby, że jestem po ich stronie. A ja mógłbym zwrócić się przeciwko nim. BAM, mógłbym ich znokautować!".

POP.

POP.

"To byłoby zbyt niebezpieczne! wrzasnął Hadz.

"Zbyt niebezpieczne!" powtórzyła Reiki.

"Poza tym mamy inny pomysł.

"Powiedz nam - powiedział E-Z.

"Odtworzyli Biały Pokój, więc wróciliśmy tam, aby sprawdzić, czy są tam jakieś książki o okularach Rafaela.

"I? Była tam jakaś książka?"

"Nie - powiedziała Hadz.

"Ale znaleźliśmy to - powiedziała Reiki.

Była to malutka książeczka, mniej więcej wielkości końca palca wskazującego E-Z. Tytuł na grzbiecie brzmiał: Raphael's First Book of Enoch.

Hadz i Reiki przerzucali strony, ponieważ książka była idealnego rozmiaru dla nich dwojga.

"Tu jest napisane - przeczytała na głos Hadz - że celem Rafaela było uzdrowienie ziemi, którą zbezcześcili upadli aniołowie.

"Pamiętasz, Raphael powiedział, że mogę ją wezwać tylko wtedy, gdy koniec jest bliski? Być może okulary ujawnią mi swoje moce tylko wtedy, gdy będą potrzebne".

"Dokładnie - zgodziły się Hadz i Reiki.

"Myślę, że potrzebujemy burzy mózgów z innymi, ale twój pomysł, aby zmienić wygląd na Eriel jest dobry - powiedział Alfred. "Musielibyśmy tylko wymyślić, jak cię wspierać, gdy to robisz - abyś była bezpieczna".

"To zły pomysł - powiedziała Hadz.

"Bardzo zły pomysł! powiedziała Reiki.

"Jak to?" zapytał Alfred.

"Po pierwsze, nie wiesz, co wiedzą Furie.

"Albo nie wiesz."

"Po drugie, to może być pułapka.

"Pułapka zaaranżowana przez Eriel i Furie.

"Po trzecie i najważniejsze.

"Eriel boi się Michaela.

Jednogłośnie powiedzieli: "Okulary Rafaela muszą zawierać klucz do wszystkiego. Eriel szuka przebaczenia i odkupienia przez Michała i innych archaniołów. To jego jedyna nadzieja. Jesteś jego jedyną nadzieją. Dlatego wierzymy, że powiedział ci prawdę".

"Ale co, jeśli Furie nie wiedzą o sytuacji Eriela? Podczas gdy oni są w niewiedzy, my mamy przewagę - powiedział Alfred.

"Zgadzam się - powiedział E-Z.

Lia wsunęła głowę do pokoju, a za nią reszta gangu. "Co jest? - zapytała.

"Wejdźcie, a ja wam wyjaśnię. I zamknij za sobą drzwi.

"Brzmi wątpliwie - powiedziała Lia. Zauważyła Hadz i Reiki i pomachała do nich. Następnie zamknęła za nimi drzwi i zaryglowała je.

ROZDZIAŁ SZESNASTY
CO ROBIĆ

"Usiądźcie, rozsiądźcie się wygodnie - powiedział, gdy wszyscy zajęli miejsca na jego łóżku. "Po pierwsze, dla tych, którzy jeszcze ich nie poznali - to jest Hadz, a to Reiki. Są przyjaciółmi i niedoszłymi aniołami. Zostali wyznaczeni, by nam pomóc."

Haruto ukłonił się, a Lachie powiedział: "Miłego dnia!". Charles i Brandy uścisnęli im dłonie.

Gdy wszyscy zostali formalnie przedstawieni, zespół usiadł wzdłuż łóżka. E-Z pomyślał, że wyglądają jak pasażerowie czekający na autobus.

"Wszyscy jesteśmy tutaj, aby pokonać Furie. Ale jest kilka aktualnych informacji, które musimy wziąć pod uwagę. Zanim przejdziemy dalej.

"Co masz na myśli?" zapytała Lia. "Sugerujesz, że możemy zrezygnować?

E-Z odchrząknął.

"Najlepiej będzie, jeśli pozwolisz mi powiedzieć wszystko, a potem będziesz mogła zadawać pytania. Prawdopodobnie powinienem był od tego zacząć. Ale wciąż sam wszystko przetwarzam. Zawahał się. "Chodzi mi o to, że dajcie mi trochę luzu, bo to trudna sytuacja, a jeszcze trudniej ją wyjaśnić."

Wszyscy przytaknęli, więc kontynuował.

"Eriel został zatrzymany przez archaniołów. Zdradził ich i zdradził nas. Nie jest już dla nas zagrożeniem, ale naraził na szwank naszą misję. Problem w tym, że nie wiemy jak bardzo. Ale wiemy więcej o jego intencjach - zdobyciu kontroli nad Ziemią wszelkimi możliwymi sposobami. Sprzeciwianie się archaniołom, aby to zrobić, było pewnego rodzaju ryzykiem - nawet jeśli miał Furie po swojej stronie".

Słyszalne sapnięcie wszystkich sprawiło, że zatrzymał się na chwilę lub dwie, zanim kontynuował.

"Archaniołowie odwrócili się od niego. Spotkałem Michaela, który przewodzi archaniołom, i był zniesmaczony Erielem. A Eriel był nim przerażony.

Więcej słyszalnych sapnięć.

"Nasz plan A polegał na uwięzieniu Furii w środowisku gry. Eriel był świadomy tego planu. W rzeczywistości zachęcał nas do jego realizacji. Musimy więc przejść do planu B. Sam fakt, że wiedział o planie A, wystarczy, abyśmy go odrzucili".

Więcej westchnień i "O nie!".

"Więc, plan B. Wiem, że myślisz o oczywistej rzeczy: tj. nie mamy planu B. Cóż, nie mieliśmy. Ale teraz mamy. Czy zaszokuje was fakt, że nasz plan B wyszedł z ust naszego zdrajcy?".

Wszyscy przytaknęli.

"Jak powiedziałem wcześniej, spotkałem się z Michaelem. To on zasugerował Erielowi, że można mu złagodzić karę, jeśli i tylko jeśli nam pomoże.

"Michael dał nam tylko pięć minut. Przez większość tego czasu Eriel nic nie mówił. Potem, gdy czas miał dobiec końca, wypowiedział trzy słowa: "Użyj okularów Raphaela" - to było to. Jakiś czas później przypomniałem sobie, że Raphael powiedział, że Charles może być naszą tajną bronią, więc dzięki okularom możemy mieć dwie bronie, o których oni nie wiedzą".

Charles sapnął.

E-Z podziękował Charlesowi skinieniem głowy.

"Ale zanim to zawęzimy i zrobimy burzę mózgów, musimy spojrzeć na to z szerszej perspektywy i zdecydować, czy to jest nasza walka. Czy jest to coś, w co nadal chcemy być zaangażowani jako zespół.

"Dzięki Erielowi dziś żyję. Uratował mnie, a potem powiedział, że jestem dłużnikiem jego i innych archaniołów. Aby spłacić ten dług, ukończyłem kilka prób. Pojawili się Alfred i Lia i razem stworzyliśmy Trójkę. A potem rozstaliśmy się na ich prośbę.

"Założyliśmy własną stronę internetową o superbohaterach i pomagaliśmy ludziom. Dopóki archaniołowie nie poprosili nas o pomoc w pokonaniu piratów Soul Catcher. Z czasem dowiedzieliśmy się, kim oni są: Furie, potężne i złe greckie boginie, które powróciły.

"Hadz i Reiki zabrali mnie na rekonesans, by pokazać mi swoją siedzibę w Dolinie Śmierci. Tam na własne oczy zobaczyłem składowanie pojemników wypełnionych duszami dzieci. Później PJ i Arden zostali nam odebrani. Ich stan się nie zmienił. Dzięki Raphaelowi widzieliśmy na własne oczy, jak te paskudne boginie pracują.

"Furie są godnymi przeciwnikami. Jeśli będziemy z nimi walczyć, możemy zginąć. To oczywiście nie są najnowsze informacje, ale czy warto ryzykować życie, skoro Eriel nas zdradziła?

"Biorąc wszystko pod uwagę, a zwłaszcza to, że mamy po swojej stronie dwie tajne bronie. Aczkolwiek broń, której nie wiemy jak użyć. Być może jesteśmy w dobrej sytuacji, aby wygrać tę walkę. Jeśli będziemy trzymać się razem i będziemy się wzajemnie wspierać. Jeśli będziemy gotowi poświęcić nasze życie dla większego dobra. Dla dobra ziemi, ratując ziemię. Co wy na to?"

Następną rzeczą, jaką wiedział, było to, że wszyscy - z wyjątkiem Alfreda - podskakiwali na łóżku, mówiąc: "Jeden za wszystkich i wszyscy za jednego!".

E-Z podniósł rękę. "

"Wszyscy, którzy są za walką z Furiami, powiedzcie: Tak".

Decyzja była jednogłośna.

Sobo zapukał do drzwi, pytając: "Być może ja też mogę pomóc".

ROZDZIAŁ SIEDEMNASTY

ZAPYTAJ CHARLES DICKENS

Brandy głośno zadrwiła, powodując, że wszyscy w pokoju spojrzeli w jej kierunku. Teraz, gdy skupiła na sobie uwagę wszystkich, zapytała: "A jak ty, starsza obywatelka, zamierzasz pomóc naszej drużynie superbohaterów pokonać trzy potężne złe boginie?".

W całym pomieszczeniu rozległo się sapnięcie, co spowodowało, że Haruto szybko przesunął się na bok swojej Sobo. Chwycił ją za rękę i przyłożył do serca.

Sobo, która nie przejęła się ignorancją Brandy, szeptała do wnuka uspokajające słowa po japońsku.

"Przeproś - zażądał E-Z.

"W porządku - powiedział Sobo. "Ona ma rację, może nie jestem superbohaterem jak wy wszyscy, ale każdy w tym życiu ma coś do zaoferowania.

"Przepraszam, Sobo - powiedziała Brandy. Nie poprzestała na tym. "Chodziło mi o to, że..."

"Zamknij się!" wykrzyknęła Lia. "Wejdź do Sobo.

"Przyda nam się każda pomoc - powiedział E-Z.

Charles wstał, oferując swoje miejsce Sobo i Haruto.

"Dziękuję - powiedziała Sobo, a ona i jej wnuk usiedli obok siebie, nie odzywając się przez kilka chwil.

"Czy czujesz się wystarczająco dobrze? zapytał Haruto.

"Tak, mały - odpowiedziała Sobo. "Ja też mam supermoc. Ta supermoc nazywa się transformacją. Przeżyłem wiele żyć i odegrałem wiele ról... z każdym życiem uczę się czegoś nowego. Jestem otwarty na naukę, na tym polega życie. Oferuję swoje życie; zrobiłbym wszystko, aby was ocalić. Was wszystkich."

"Nawet mnie? zapytała Brandy.

Sobo roześmiał się. "Zwłaszcza ty, dziecko.

Brandy przeszła przez pokój i zarzuciła ramiona na szyję Sobo. "Dziękuję. Ale dlaczego szczególnie mnie?

Haruto wstał i z rękami na biodrach wykrzyknął: "Bo jesteś świrem!".

Wszyscy się roześmiali, łącznie z Brandy.

Sobo powiedział: "Ponieważ jesteś nieustraszony. Tak, nieustraszoność to potężna emocja, ale musisz nauczyć się cierpliwości. Potrzebujesz obu, by przetrwać w tym świecie. Z obydwoma staniesz się jeszcze większą siłą, z którą trzeba się liczyć. Życie polega na zmienianiu siebie od wewnątrz do zewnątrz, od zewnątrz do wewnątrz. Ucz się. Rozwijaj się. Musimy być jak drzewa, zmieniające się wraz z porami roku, wyginające się pod wpływem wiatru.

"To takie piękne - powiedział Charles.

"Ale świat jest wypełniony zarówno dobrem, jak i złem - powiedział Sobo. "Tak musi być. Jedno musi istnieć, by drugie mogło istnieć. A my, ty, ja i wszyscy tutaj, musimy walczyć tylko po stronie dobra. Na tym świecie może być tylko jeden zwycięzca. Ten zwycięzca musi być dla dobra całej ludzkości".

Sobo przestała mówić. Gdy złapała oddech, pozostali milczeli, czekając na ciąg dalszy.

"Jestem tu, by przekazać pozdrowienia od Rosalie - kontynuowała Sobo.

"Ty i Rosalie, Sobo, ale jak? zapytała Lia.

"Rosalie przyszła do mnie we śnie. Skąd wiedziałem, że to ona? Bo tak mi powiedziała. Sny są potężnymi jednostkami. Duchy przekraczają światy i mieszają się z nami, aby być z nami lub powiedzieć nam rzeczy, których nie znamy, takie jak ostrzeżenia, przeczucia. Rosalie chciała pomóc nam stoczyć bitwę, walczyć i wygrać.

"Tak," powiedział E-Z. "Często śnię o moich rodzicach. Czasami ujawniają mi rzeczy lub mówią rzeczy, o których nie mogli wiedzieć. Chyba że dzielą ze mną moje życie".

"Tak, miłość to potężna emocja, która nie ma granic. Ci, których kochasz, będą cię szukać, znajdą cię, pomogą ci nawet w najciemniejszych chwilach.

"Czy ona - zapytała Lia - jest szczęśliwa?

Sobo uśmiechnął się. "Szczęście to nie wszystko. Powiem ci tylko, że jest sobą. To wszystko, co naprawdę musisz wiedzieć. I jako ona sama, jako statek, który walczy po stronie tylko dobra, wierzy w ciebie, panie Charlesie Dickensie. Jesteś naszą mocą".

"Ja?" zapytał Charles.

"Tak, Charles. Zabierz nas do biblioteki. Biblioteki w chmurach."

"Nigdy o niej nie słyszałem. Nie mogę was tam zabrać. Musiała pomylić mnie z jednym z pozostałych."

"Jakiej biblioteki?" zapytała Brandy.

"I dlaczego jest w chmurach?" zapytała Lia.

"Byłem tam - powiedział Sobo. "Jest bardzo stara i chroniona... wiedzą o tym tylko ci, którzy ją znają.

"Nie jestem jednym z nich - powiedział Charles.

"Potrzebujesz tylko małej pomocy - powiedział Sobo. "Daj mu okulary Raphaela, a wtedy będzie wiedział.

"Zaczekaj chwilę - powiedział E-Z. "Jak się tam dostałeś?"

"Nie wierzysz mi?" Sobo uśmiechnął się. "Rosalie zabrała mnie tam we śnie... ona jest duchem... i zaprowadziła mnie jako wędrowca snów.

"Jesteś pewien, że to nie było wspomnienie o Białym Pokoju?

"Zdecydowanie nie. Skąd mam to wiedzieć? zapytał Sobo. "Ponieważ Rosalie powiedziała mi, że nigdy nie chciała wrócić do miejsca, w którym została zamordowana przez te okrutne siostry.

"To ma sens, a jednak coś, co powiedział Raphael o tym, że nigdy nie przekaże okularów - nikomu - sprawia, że martwię się, że postąpisz wbrew jej życzeniom.

"A co jeśli Rosalie nie jest jedną z tych, którzy wiedzą? zapytał Sobo. "Czy mamy zrezygnować z okazji, aby zwiększyć nasze szanse na pokonanie Furii, odrzucając najnowsze informacje od zaufanej przyjaciółki i powierniczki Rosalie?

"Powiedz mi najpierw - powiedział E-Z - jak to było?

Sobo zamknęła oczy. "Wyobraź sobie czas, kiedy odkręcasz gorącą wodę tylko pod prysznicem lub w wannie, bez wentylatora i bez otwartego okna. Wyszłaś z pokoju po coś i zamknęłaś drzwi. Kiedy otworzyłeś je później, pokój był wypełniony parą, a kiedy wszedłeś, nie mogłeś nic zobaczyć - na początku. Ale twoje oczy dostosowały się i wtedy mogłeś zobaczyć wszystko. Tak samo było ze mną, gdy po raz pierwszy weszłam do Biblioteki w Chmurze".

Otworzyła oczy. "Wyobraź sobie wnętrze chmury, w której istniały książki. Każda napisana i opublikowana książka jest przed tobą. Możesz je czytać, brać, uczyć się. Tak właśnie było w Bibliotece w Chmurze. I wszyscy powinniśmy pójść i zobaczyć to na własne oczy, teraz. Dzisiaj."

"To brzmi magicznie - powiedział Charles. "Chcę tam pojechać. Chcę was tam wszystkich zabrać.

"To brzmi zbyt dobrze, by mogło być prawdziwe - powiedziała Brandy.

Sobo uśmiechnął się.

E-Z zawahał się przed zdjęciem okularów i wręczeniem ich Charlesowi.

"E-Z - powiedział Sobo - Rosalie powiedziała mi, że wyjątkiem od reguły Raphaela jest Charles. Pamiętasz? I to ona wyjawiła, że Charles jest naszą tajną bronią.

E-Z skinął głową i podał okulary Charlesowi.

Charles bez wahania je założył. Gdy wsunął je za uszy, kolory na oprawkach pulsowały we wszystkich kolorach znanych człowiekowi. Wszystkie kolory z wyjątkiem czerwonego. Kiedy okulary przybrały odcień zielonej trawy, szyja Charlesa skręciła się w lewo, w prawo, w prawo, w lewo. Wyprostował się i spojrzał przed siebie.

"Jestem gotowy - powiedział. "Trzymajcie się za ręce, żebyśmy wszyscy byli połączeni, a ja was tam zabiorę.

"Zaczekajcie na nas! krzyknęli Hadz i Reiki, wskakując na ramiona E'Z i trzymając się go kurczowo. Chwilę później nikt nigdzie nie poszedł.

ROZDZIAŁ OSIEMNASTY

CO POSZŁO NIE TAK?

"Nie rozumiem tego" - powiedział Charles. "Widziałem to w mojej głowie. Może potrzebuję instrukcji albo magicznych słów. Czy Rosalie powiedziała ci coś specjalnego, co muszę zrobić poza założeniem okularów Sobo? zapytał Charles.

Sobo potrząsnęła głową. "Spróbuj czegoś innego.

"Zabierz nas do Komnaty Chmur! - zażądał.

Tym razem cała grupa zakołysała się, jakby ktoś otworzył okno.

"Zamknijcie oczy - powiedział Charles. "Wszyscy gotowi? Wszyscy skinęli głowami. Zamknął oczy, gdy grupa superbohaterów plus Sobo rozdzieliła się.

"Coś jest inaczej - powiedział Lachie, otwierając oczy. "Czuję się inaczej."

E-Z również poczuł się dziwnie, gdy otworzył oczy. Hadz i Reiki chrapali teraz. Wydawało się to dziwną porą na drzemkę. A co jeszcze było inne? Okulary Raphaela były bezbarwne. Dlaczego? Nigdy wcześniej mu się to nie zdarzało. I co jeszcze? Alfred - gdzie do cholery był Alfred?

"Alfredzie? Gdzie jesteś?"

Lia wybuchła płaczem.

"Dlaczego płaczesz?" zapytał E-Z.

"Bo nic nie widzę, nie rękami. Już nie.

"Charles. Okulary - powiedziała Brandy.

"A co z okularami? - Zdjął je.

Zakryli uszy, gdy Sobo odrzuciła głowę do tyłu i zawodziła jak banshee, aż delikatna muzyka orkiestrowa zagłuszyła jej krzyki i wszyscy zasnęli.

$$***$$

Teraz, gdy bliźniaki spały, Samantha i Sam zastanawiali się, jak przebiega spotkanie w pokoju E-Z. Kiedy dotarli na miejsce, drzwi były zamknięte i nikt nie odpowiadał na ich pukanie.

"To dziwne - powiedziała Sam. "E-Z nigdy nie zamyka drzwi na klucz.

"Weź klucz - powiedziała Samantha.

Sam miał złe przeczucia, gdy wkładał klucz do zamka.

Sam i Samantha patrzyli, jak Sobo, Brandy, Lia, Lachie, Haruto, Charles i E-Z wpatrują się przed siebie jak manekiny na wystawie sklepowej.

"Ledwo oddychają - powiedziała Sam.

"A gdzie jest Alfred?

"I dlaczego Charles nosi okulary Rafaela?

"Jestem przerażona - powiedziała Samanta, biorąc męża za rękę.

"Nie sądzę, że powinniśmy tu przeszkadzać - powiedziała Sam. "Mam wrażenie, że dzieje się coś, o czym nie wiemy.

"To przerażające.

"Co to jest? zapytał Sam, zauważając pudełko na końcu łóżka E-Z. "Nie wierzę w to! To niemożliwe. Pochylił się i podniósł wieko skrzyni, którą widział wiele razy w pokoju brata. Skrzyni, o której myślał, że została zniszczona w pożarze. Podobnie jak w przypadku E-Z, wspomnienia stworzone przez zapachy wewnątrz podniosły się i ogarnęły go emocje.

"Wyjdźmy stąd - powiedziała Samanta. "Możesz powiedzieć mi więcej o skrzyni na zewnątrz.

"Dajmy im trochę czasu. Wkrótce się obudzą i..."

"Myślę, że nie mamy innego wyboru - powiedziała Samanta, zamykając za sobą drzwi.

ROZDZIAŁ DZIEWIĘTNASTY

POKÓJ CHMUROWY

Charles stał przez chwilę, obserwując otoczenie. Czy sprowadził ich w złe miejsce? On i pozostali (którzy wszyscy spali) znajdowali się wysoko na niebie, bez jednej chmury w zasięgu wzroku. Wylądowali na środku platformy wykonanej ze szkła. Nie miał pojęcia, jak to się trzymało. Zauważył, że wózek inwalidzki E-Z toczy się do przodu, więc podbiegł i obudził go.

"Gdzie jesteśmy?" zapytał, pstrykając Hadza i Reiki, którzy wciąż siedzieli na jego ramionach.

"Obudźcie się! Obudź się!" rozkazał Charles.

Jeden po drugim otwierali oczy, po czym zdając sobie sprawę, jak wysoko się znajdują, przylgnęli do siebie, starając się nie ruszać. Starali się nie patrzeć w dół przez szybę, która powstrzymywała ich przed upadkiem na ziemię.

"Szkoda, że to nie ma poręczy! wykrzyknęła Lia. Widziała teraz wszystko, ale część jej żałowała, że nie może tego zrobić.

"Co to trzyma, tego właśnie nie mogę rozgryźć - powiedział Charles.

"Nigdy nie byłam wielką fanką wysokości - powiedziała Brandy, chwytając najbliższą dostępną dłoń, która należała do Charlesa.

"Och - powiedział, czując jak zimna jest jej dłoń.

"Polecę tam i rzucę okiem - powiedział E-Z i poleciał, poruszając się po platformie, która wydawała się wyrastać z powietrza, bez niczego, co by ją podtrzymywało i bez żadnej kotwicy utrzymującej ją w miejscu.

Haruto trzymał babcię za rękę. Budziła się wolniej niż inni. Kiedy wydawała się w pełni obudzona, powiedziała tylko "O nie". I tak w kółko.

"To nie jest Pokój Chmur, do którego zabrała cię Rosalie, prawda?" zapytał Charles.

Sobo zrobiła krok, dwa kroki, podczas gdy dzieci przylgnęły do niej. Zamknęła oczy, ścisnęła je mocno, a potem znów otworzyła.

"Co robisz?" zapytała Brandy.

"Szukam książek - powiedział Sobo. "Jeśli to jest to miejsce, to powinny tam być książki. Mnóstwo książek. Nie widzę żadnej. Ani jednej."

E-Z, który wciąż badał strukturę platformy, zapytał: "Czy wydaje się, że jesteśmy we właściwym miejscu?

Czy książki mogą być ukryte? Czy ktoś może je zobaczyć?"

Wszyscy potrząsnęli głowami przecząco, nawet Hadz i Reiki, którzy do tej pory nie wypowiedzieli między sobą ani jednego słowa.

"Mam złe przeczucia co do tego miejsca - zaśpiewali zgodnie Hadz i Reiki.

Charles zawahał się przed zabraniem głosu. "Kiedy założyłem okulary, zobaczyłem w głowie bibliotekę, którą opisał nam Sobo. Nie było tam szklanej platformy. To miejsce nie jest tym, które sobie wyobrażałem. Na początku myślałem, że okulary popełniły błąd, ale teraz, jeśli Hadz i Reiki mają złe przeczucia, podobnie jak Sobo, to myślę." Sobo skinął głową i zauważył, że drży. "Myślę, że musimy się stąd wynosić - i to szybko.

E-Z zauważył brak Alfreda. "Czy ktoś wie, co się stało z Alfredem? Wszyscy byliśmy połączeni dotykiem, kiedy tu przybyliśmy. Jak mógł się przywiązać?" Teraz zauważył, że Hadz i Reiki wydawali się nieobecni. Wyglądali, jakby byli naćpani, ich oczy opadały do tyłu i mieli trudności z utrzymaniem przytomności.

"Łabędzie nie mają palców do dotykania" - zaśpiewały zgodnie dwa niedoszłe anioły. Wybuchnęli śmiechem i kręcili się w kółko, dopóki nie zakręciło im się w głowach i nie spadli na szklaną podłogę ze SPLAT.

"Dobra Charles, to dla mnie wystarczający dowód. Zabierz nas z powrotem do domu - teraz.

Charles, który zdjął okulary Rafaela, a teraz założył je z powrotem z zamiarem wykonania rozkazów E-Z, wykrzyknął: "Och, tam są!".

"Widzisz teraz książki?" zapytał Sobo.

"Nie mogłem, kiedy przybyliśmy po raz pierwszy, ale teraz mogę. Co mam teraz zrobić?

"To nie ma sensu - powiedział Sobo - dlaczego miałyby być ukryte przed tobą, a potem ujawnione? Rosalie nie wspominała o tych rzeczach.

"Myślę, że powietrze tutaj wpływa na nasze mózgi - powiedział E-Z. "Zaczyna mi się kręcić w głowie. Lepiej stąd wyjdźmy i to szybko, bo skończymy na platformie twarzą w dół, jak Hadz i Reiki.

Charles wyciągnął rękę, w którą wleciała książka, którą włożył do koszuli. "Zabierz nas z powrotem!" zawołał. Tak jak za pierwszym razem, nic się nie stało.

"Być może musimy trzymać się za ręce - powiedział Sobo. "I ponownie zamknąć oczy.

Zrobili obie te rzeczy i natychmiast ogromne podmuchy wiatru zaczęły unosić ich na platformie. Skulili się, jak drużyna piłkarska przed wielkim meczem, trzymając się siebie nawzajem. Wpychali stopy na platformę w nadziei, że nie odlecą.

E-Z wytężył umysł, próbując wymyślić jakieś wyjście. Czy jedynym sposobem było wykorzystanie jedynej szansy na wezwanie Rafaela na ratunek? Spojrzał na Charlesa, który wydawał się zanikać i zanikać. "Charles! - krzyknął, a potem zauważył przez ramię, że zbliżają się do nich Baby, Mała Dorrit i Alfred.

Alfred krzyknął: "Musimy cię stąd zabrać - natychmiast. To miejsce jest jak latarnia morska, która oświetla cię dla całego świata, w tym dla Furii!

Sobo szlochał: "Nie wiedziałem, że użyli Rosalie jako pułapki".

"Charles widział książki i nawet jedną z nich dostał. Chodźmy w bezpieczne miejsce. Nikt nie jest winny. Twoje intencje były dobre - powiedział E-Z.

"Dziękuję - powiedziała Sobo, która zaczęła zanikać i znikać, podobnie jak Charles. Brandy chwyciła ją za rękę i trzymała mocno, aż Sobo przestała zanikać.

Alfred powiedział: "Chodź!".

Lachie wskoczył na plecy Baby'ego, ciągnąc za sobą drżącego Charlesa i odlecieli. W jego koszuli książka, którą tam trzymał, rozszerzyła się, a dwa guziki koszuli odleciały. Trzymał książkę mocno jedną ręką, a drugą trzymał Lachie'ego, podczas gdy Baby przyspieszył.

Mała Dorrit schyliła się, nie dotykając platformy, by reszta mogła wsiąść, podczas gdy E-Z chwycił Hadza i Reiki. Odlecieli, a Alfred i E-Z lecieli obok siebie, gdy niebo zmieniło kolor z niebieskiego na czarny, z czarnego na niebieski, na czarny i pojawiły się gwiazdy, ale to nie były gwiazdy. To były gałki oczne. Gałki oczne Boogera, takie jak te, które napotkał w Dolinie Śmierci, kiedy po raz pierwszy zetknął się z Furiami.

SPLAT. SPLAT. SPLAT.

SPLAT. SPLAT. SPLAT. SPLAT.

SPLAT. SPLAT. SPLAT. SPLAT. SPL-

Charles krzyknął na całe gardło: "DOM!". I tym razem zadziałało. Znów byli w domu. Bezpieczni.

Haruto objął babcię ramionami.

"Tak się cieszę, że znów jestem w domu", powiedział każdy do drugiego.

Chwilę później przybyli Sam i Samantha.

✳✳✳

"Widzieliśmy wasze ciała śpiące w pokoju. Nie wiedzieliśmy, co robić" - powiedział Sam.

"To długa historia - powiedział E-Z.

Sobo zapytał Charlesa: "Czy udało ci się utrzymać książkę?" "Jasne, że tak" - powiedział Charles, trzymając ją w górze. Był to duży tom, w twardej oprawie, z grubym grzbietem, który wszyscy mogli zobaczyć i przeczytać.

Wielkie oczekiwania Charlesa Dickensa.

"Przyniosłeś jedną z własnych książek?" wykrzyknęła Brandy.

Lachie zadrwił.

"I..." powiedział Charles. "Powiedziałaś mi, żebym wybrał dowolną książkę, a to była ta, którą wziąłem na chybił trafił.

"Wszystko dzieje się z jakiegoś powodu - powiedziała Lia.

"Ale to już jest naprawdę naciągane - wykrzyknęła Brandy.

"Uspokójcie się wszyscy - powiedział E-Z. "Charles dał z siebie wszystko w tych okolicznościach - i przynajmniej mógł zobaczyć książki. Nikt z nas nie mógł.

"Great Expectations" - powiedział Alfred - "to grrr-eat książka!". Brzmiał jak brytyjska wersja Tygrysa Tony'ego z reklam płatków śniadaniowych.

"Ma rację - zgodziły się Sam i Samantha. "To jedna z najlepszych powieści, jakie kiedykolwiek napisano.

Charles zdjął okulary Raphaela i podał je E-Z, który natychmiast je założył. Potrząsnął głową, ale tytuł książki, którą wciąż trzymał Charles, był inny. Przeczytał nowy tytuł na głos,

"Pole marzeń W. P. Kinselli".

"Pozwól mi spróbować - powiedziała Lia, sięgając po okulary Raphaela.

"Zaczekaj! E-Z krzyknął, gdy Lia zdjęła mu je z twarzy. "Nie zakładaj ich. Pamiętaj, Raphael powiedział, że tylko ja powinnam je nosić, ale zrobiłam wyjątek dla Charlesa ze względu na sen Sobo, ale nie sądzę, że powinniśmy je sobie przekazywać. Poza tym znamy już odpowiedź na pytanie, które wszyscy sobie zadajemy. To książka, która staje się takim tytułem, jaki czytelnik chce zobaczyć.

"Albo musi zobaczyć" - powiedział Sobo.

"Ale ja nie chciałem ani nie musiałem oglądać Wielkich oczekiwań. Nigdy nawet o niej nie słyszałem!".

"Ale wyobraź sobie - powiedział Sam - jaką biblioteką mogłaby być w przyszłości. Wszystko, co musimy zrobić, to wymyślić tytuł książki i voila, trzymamy ją w rękach".

"Nie byłoby to jednak zbyt dobre dla autorów, to znaczy, jak by zarabiali?" zapytała Samantha.

"Nie wiem, jak to wszystko zadziała, a może brakuje nam tu czegoś wielkiego" - powiedział Alfred.

"Dużego, na przykład czego?" zapytał E-Z.

"A co jeśli to książka wybrała czytelnika, a nie odwrotnie?"

"Doo-doo-doo-doo", zaśpiewała Brandy, co było muzyką ze Strefy mroku.

"Podsumujmy. Sobo miała sen, w którym Rosalie pokazała jej Bibliotekę w Chmurze i dzięki okularom Rafaela Charles mógł nas tam zabrać. Co zrobił, ale miejsce nie było takie, jak się spodziewaliśmy. Tylko Charles mógł zobaczyć książki, chwycił jedną i w drodze powrotnej zostaliśmy zaatakowani przez strzelające gałki oczne podobne do tych, które zaatakowały Hadza Reiki i mnie w Dolinie Śmierci." "To tak w skrócie" - powiedziała Brandy.

"Zastanawiam się, czy Eriel powiedziała Furiom o tym, że Raphael dał E-Z jej okulary - zapytał Lachie.

"Tego możemy się nigdy nie dowiedzieć - powiedział E-Z - ponieważ Michael dał Eriel tylko jedną szansę na rozmowę ze mną. Podszedł do okna i wyjrzał na zewnątrz. "Zastanawiam się - powiedział.

"Zastanawiam się nad czym?" wykrzyknęli wszyscy.

"Czy Furie wiedzą o okularach i ich mocach. Jeśli oszukały nas przez Rosalie, byśmy odwiedzili Bibliotekę w Chmurze, to muszą wiedzieć o Charlesie. To oznacza, że nie jest już tajną bronią. Jak mogli o tym wiedzieć? No i jeszcze te gałki oczne - to zbyt duży zbieg okoliczności.

"Eriel powiedziała ci, żebyś używał okularów - powiedział Alfred.

"Widziałem go, jak był przetrzymywany i nie było mowy, żeby mógł wysłać wiadomość do Furii... nie z Michaelem pilnującym każdego jego ruchu. E-Z przetoczył się z powrotem tam, gdzie byli pozostali. "Przy okazji Alfred, jak się od nas oddzieliłeś?

"Zgubiłem się w czarnej chmurze, dopóki nie wezwałem na pomoc Małej Dorrit i Baby, a resztę już znacie.

"To było takie dziwne - powiedział Charles. "W jednej chwili nie widziałem książek, zdjąłem okulary, założyłem je z powrotem i były wszędzie. Mimo to byłem jedyną osobą, która je widziała".

"Widziałam je" - powiedziała Baby. "Ta leciała w moją stronę", rzucił ją Charlesowi, który złapał ją dwoma palcami.

Była to miniaturowa książka z małym tytułem na grzbiecie, który wszyscy przeczytali na głos:

"Wszystko, co kiedykolwiek chciałeś wiedzieć o Furiach, ale bałeś się zapytać, napisane przez Anonimowego".

"Wynik!" wykrzyknęła Brandy.

Zebrali się wokół małej książeczki, podczas gdy Charles ostrożnie ją otwierał. Wewnątrz przednia okładka była pusta, podobnie jak pierwsza strona. Odwrócił się do następnej strony, gdzie były słowa, które natychmiast zaczęły się poruszać, tasować. Słowa unosiły się na stronie, tasując się i przetasowując, jakby zapomniały, jakie słowa i język miały reprezentować.

E-Z, który wciąż nosił okulary Rafaela, poczuł zawroty głowy, gdy słowa się przesuwały, i zdjął je.

"Spróbuj - powiedział do Charlesa, podając mu okulary.

Charles założył je i szybko zdjął, pędząc do okna, by zaczerpnąć świeżego powietrza. Oddał je z powrotem E-Z.

"Teraz ty - powiedział do Sobo, który odmówił przymierzenia okularów, podobnie jak Haruto.

"Spróbuję - powiedziała Lia, ale wkrótce dołączyła do Charlesa przy oknie.

"Lachie?" zapytała E-Z.

"Jasne - powiedział, zakładając okulary, po czym natychmiast je zdjął. "Nie ma mowy - powiedział, siadając na łóżku.

"Pozwól mi spróbować! powiedziała Brandy, gdy E-Z włożył jej okulary do ręki, a ona nałożyła je na twarz. "Poczekaj chwilę," powiedziała, "wydaje mi się, że coś widzę, to jest..." i wypluła zieloną substancję, która na szczęście uderzyła w ścianę zamiast w człowieka.

"Chodź z nami - powiedziały Sam i Samantha do Brandy - pomożemy ci się umyć.

"Dzięki - powiedział E-Z, odwracając krzesło w stronę Alfreda, a następnie zakładając okulary na dziób.

"Łabędź w okularach. Niedorzeczne!" powiedział Alfred.

"Wyglądasz na bardzo pilnego! powiedział Charles.

"Wyglądasz jak profesor Ludwig Von Drake! wykrzyknęła Brandy.

Sam powiedział: "Był nauczycielem Kaczora Donalda".

"Och" - powiedzieli ci, którzy byli zbyt młodzi, by słyszeć o Kaczorze Donaldzie.

"Ojej" - powiedział Alfred, gdy słowa przestały wirować i powróciły do sposobu, w jaki napisał je autor. Przeczytał pierwsze dwie strony, potem następną, następną i następną. Przeleciał przez całą książkę z łatwością szybkiego czytelnika, a kiedy skończył, książka zatrzasnęła się.

POOF

I już jej nie było.

"Cóż, to było interesujące - powiedział Alfred, oddając okulary E-Z i powstrzymując się przed przewróceniem.

"To znaczy, że przeczytałeś całość? powiedział Sam. "Te okulary są niesamowite.

"Pamiętam wszystko, ale muszę przetworzyć informacje i odpocząć. Nie chcę tu siedzieć i czytać ci tego w całości. Lepiej będzie, jeśli uporządkuję to, czego się dowiedziałem, a potem o tym porozmawiamy.

"A co jeśli - zapytała Brandy - przegapiłeś coś, czego nie przegapiłaby jedna z nas? Nic osobistego".

Alfred roześmiał się. "Tylko dlatego, że jestem teraz w formie łabędzia, nie oznacza to, że nie przeczytałem wielu, wielu książek w swoim życiu. Kiedy byłem młody, uczęszczałem na Uniwersytet Oksfordzki, który ukończyłem z wyróżnieniem. Studiowałem literaturę i sztukę".

E-Z powiedział: "To nie ty wybrałeś książkę - to książka wybrała ciebie. Nikt z nas nie potrafił przeczytać ani jednego słowa".

"Dziękuję, że we mnie wierzysz."

Lia powiedziała: "Ile czasu chcesz się zastanawiać? Możemy obejrzeć ten film?"

Samanta powiedziała: "Muszę zrobić więcej popcornu. Zjedliśmy już drugą porcję.

"Stresujące jedzenie - powiedziała Sam z uśmiechem.

"Dzięki - powiedział Alfred. "Wrócę do ciebie, jak tylko będę mógł.

"Poświęć tyle czasu, ile potrzebujesz - powiedział E-Z - i dołącz do nas, gdy będziesz gotowy.

Gang poszedł do salonu i przygotował film. Samantha zrobiła więcej popcornu w mikrofalówce. Wszyscy zebrali się, aby obejrzeć film.

Alfred spał przez chwilę w swoim zwykłym miejscu, ale śniły mu się sny, głównie koszmary i w końcu wyszedł do ogrodu, aby zaczerpnąć świeżego powietrza. Wszyscy byli od niego zależni, a presja ciążyła na nim, gdy zawartość miniaturowej książki wirowała w jego umyśle.

ROZDZIAŁ DWUDZIESTY

WIADOMOŚĆ OD FRANCW

E-Z obejrzał pierwszą połowę filmu z innymi, po czym poczuł się niespokojny i postanowił nadrobić zaległości w pracy. Zajrzał do swojego pokoju, spodziewając się zastać śpiącego Alfreda, ale nigdzie go nie było. Zaniepokojony podszedł do tylnych drzwi i wyjrzał, by zobaczyć śpiącego łabędzia rozciągniętego na krześle. Zamknął drzwi, wrócił do pokoju, otworzył laptopa i zalogował się.

Przeszedł kilka razy w myślach, decydując, czy może skoncentrować się na pisaniu powieści, czy też powinien poświęcić ten czas na dalsze badania nad ich wrogami, Furiami. Dźwięk wiadomości, która pojawiła się w jego skrzynce odbiorczej, podjął decyzję za niego. Miała czerwony haczyk, oznaczający pilność i mimo że nie zawierała załączników, nie kliknął na nią. Zamiast tego przeczytał ją w podglądzie. Albo próbował ją przeczytać. Wiadomość była całkowicie w innym języku. Zauważył kilka słów, które rozpoznał jako francuskie, więc skopiował tekst, wszedł do wyszukiwarki i wkleił następującą wiadomość do tłumacza online:

Cher E-Z Dickens,

Je m'appelle François Dubois et j'ai sept ans. Mieszkam w Paryżu, we Francji, i chciałbym być częścią zespołu Superhéros. Zastanawiasz się może, jakie umiejętności wniosę do zespołu? To dobre pytanie i z przyjemnością na nie odpowiem. Pytam jednak, czy strona jest bezpieczna.

Jeśli chcesz ze mną porozmawiać więcej, możesz wysłać mi bezpośrednio wiadomość e-mail. Mój adres pocztowy jest dołączony. Cieszę się, że mogę Ci pomóc.

Votre ami,

Francois

Nacisnął wyślij i przyszło następujące tłumaczenie:

Drogi E-Z Dickens,

Nazywam się Francois Dubois i mam siedem lat. Mieszkam w Paryżu we Francji i chciałbym należeć do waszej drużyny superbohaterów. Możesz zapytać, jakie umiejętności mógłbym wnieść do drużyny. To dobre pytanie i chętnie na nie odpowiem. Zastanawiam się jednak, czy ta strona jest bezpieczna?

Jeśli chcesz porozmawiać ze mną więcej, możesz napisać do mnie bezpośrednio. Mój adres e-mail znajdziesz w załączniku. Czekam na wiadomość od Ciebie.

Twój przyjaciel,

Francois

Zaintrygowany, przeczytał wiadomość kilka razy, zastanawiając się nad jej czasem. Zastanawiał się, czy nie popada w paranoję, myśląc, że ten dzieciak z Francji może spiskować z Furiami. Nawet jeśli był przesadnie ostrożny, miał do tego prawo, a jako lider swojego zespołu musiał upewnić się, że takie zapytania są uzasadnione. Będzie potrzebował pomocy Wujka Sama, aby to sprawdzić, ale na razie roześle kilka sygnałów i zobaczy, co wróci.

Napisał szybką wiadomość bez tłumaczenia. Dzieciak mógł skorzystać z wyszukiwarki, tak samo jak on, i znaleźć tłumacza, a po kilkukrotnym przeczytaniu nacisnął WYŚLIJ.

Drogi Francois,

Dziękujemy za Twoją wiadomość. Jak się o nas dowiedziałeś? Z poważaniem,

E-Z.

Odpowiedź Francois przyszła tak szybko, że E-Z poczuł się jeszcze bardziej podejrzany. Tym razem w języku angielskim:

Drogi E-Z,

Dziękuję za twoją szybką odpowiedź.

Mój nauczyciel widział twoją stronę i dowiedzieliśmy się o tobie i twoim zespole w ramach lekcji o bieżących wydarzeniach.

Mam nadzieję, że wkrótce się odezwiesz.

Twój przyjaciel,

Francois.

Z pewnością brzmiało to legalnie. Wpisał kolejną wiadomość, pytając Francois, jakie moce superbohatera ma do zaoferowania swojej drużynie, aby mógł z nimi o tym porozmawiać. Chwilę później Francois wysłał mu następującą wiadomość:

Drogi E-Z,

Dziękuję za możliwość opowiedzenia Ci o moich umiejętnościach superbohatera.

Po pierwsze, podobnie jak ty, nie zawsze byłem superbohaterem. To jest coś, co nas łączy. Dlatego pomyślałem, że dobrze pasowałbym do twojego zespołu.

Zamiast ci o tym mówić, chciałbym ci to pokazać. W załączniku znajdziesz prywatne zaproszenie do obejrzenia naszego kanału na YouTube - pomógł mi mój tata. Link jest dostępny tylko dla Ciebie, a zaproszenie do oglądania wygaśnie za dwadzieścia cztery godziny.

Czekam na wiadomość od ciebie po obejrzeniu.

Twój przyjaciel,

Francois.

Zaciekawiony i bez wahania E-Z kliknął na link. Wyskoczyła wiadomość z prośbą o odpowiedź na pytanie, na które nie miał problemu z odpowiedzią, ponieważ było związane z baseballem.

Po wejściu kliknął na klip, podkręcił głośność i natychmiast się zaczęło.

Pierwszą osobą, którą zobaczył, był dzieciak, który przedstawił się jako siedmioletni Francois Dubois poprzez tekst, który został przetłumaczony od niego na dole ekranu.

Dzieciak był wysoki, bardzo wysoki. W rzeczywistości stał obok kilku miar. Jego ojciec zrobił zbliżenie, aby pokazać, że Francois w wieku siedmiu lat miał już 163 centymetry wzrostu. Poza wzrostem, Francois wyglądał jak każdy inny siedmiolatek, z rudobrązowymi włosami, grubą parą okularów z ciemnymi obwódkami na nosie, koszulą w kratę, niebieskimi dżinsami i czarnymi butami do biegania.

"Bonjour E-Z!" powiedział Francois, uśmiechając się, co ujawniło brak dwóch przednich zębów.

E-Z odwzajemnił uśmiech, a następnie obserwował, jak Francois i jego ojciec dyskutują po francusku bez żadnego tłumaczenia. Ich dyskusja wydawała się gorąca, opierając się na gestach rąk i mimice twarzy. Miał nadzieję, że Francois nie będzie próbował zrobić czegoś niebezpiecznego.

E-Z obserwował, jak Francois kontynuuje spacer do najbardziej znanego punktu orientacyjnego Paryża we Francji - Wieży Eiffla. Znak na zewnątrz wskazywał, że koszt wstępu dla osób w wieku 12-24 lat wynosił 5 euro. Francois zamknął oczy, a następnie otworzył je ponownie. Poczekaj chwilę. Coś się zmieniło, może to oświetlenie.

Kontynuował obserwację, gdy Francois ustawił się obok innego znaku, który brzmiał:

Targi Paryskie, 15 maja 1889.

"WHOA!" wykrzyknął E-Z, próbując zrozumieć, czego właśnie był świadkiem. Podróż w czasie?

Francois zamknął oczy i znalazł się z powrotem obok oryginalnego znaku 12-24 lat 5 euro.

Kamera stała się niewyraźna. Wzdłuż dolnej części ekranu pojawiły się słowa: "Proszę o chwilę".

Z kliknięciem kamera zaczęła się ponownie kręcić, ale tym razem Francois stał obok katedry Notre-Dame de Paris. Od czasu wielkiego pożaru w 2019 roku była ona odbudowywana, a rusztowania i dźwigi pracowały intensywnie.

Tak jak poprzednio, Francois zamknął oczy, a następnie ponownie je otworzył.

"Nie ma mowy!" wykrzyknął E-Z.

Francois był w 1163 roku, w dniu, w którym położono pierwszy kamień pod wielką katedrę Notre Dame.

E-Z zatrzymał się. Czy to mogło być fałszywe? Oczywiście, że tak. Przy dzisiejszej technologii każdy mógł sfałszować cokolwiek. A jednak coś w jego przeczuciu mówiło mu, że to legalne. Potrzebował jednak drugiej opinii. Potrzebował Wujka Sama.

Patrząc na wstrzymanego Francois na ekranie, E-Z kliknął start. Francois pomachał, gdy klip się skończył.

E-Z kliknął i wrócił do swojej skrzynki odbiorczej. Nacisnął odpowiedz i napisał następującą wiadomość do Francois:

Drogi Francois,

Dzięki, że mogłem zobaczyć twoją supermoc. Muszę porozmawiać z zespołem. Jeśli zdecydujemy się Cię przyjąć, jak szybko możesz do nas dołączyć?

Twój przyjaciel,

E-Z

Odczekał sekundę i ponownie przeczytał wiadomość, zanim ją wysłał. Rozważał zmianę JEŚLI na KIEDY. Niezdecydowany, rozważył supermoc Francois podróżowania w czasie. Dzieciak byłby niesamowitym dodatkiem do zespołu.

Mimo to musiał uzyskać drugą opinię. Zanim pomyślał o tym dalej. Wysłał SMS-a do Sama: "Masz chwilę?".

Nowy e-mail pojawił się w jego skrzynce pocztowej ze słowami:

CZEŚĆ E-Z,

Jeśli przyjmiesz mnie do drużyny, możesz po mnie przyjechać?

Twój przyjaciel,

Francois.

Musiał się nad tym trochę zastanowić.

Odpowiedział:

Odezwę się jak najszybciej.

Twój przyjaciel,

E-Z.

Sam wszedł do kuchni, "Co tam dzieciaku?".

"Przepraszam, że odrywam cię od filmu.

"I tak kiwałem głową, więc cieszę się, że mogłem odwrócić twoją uwagę".

"Otrzymałem e-mail za pośrednictwem naszej strony internetowej od dzieciaka z Francji, który poprosił o dołączenie do naszego zespołu. On i jego tata nakręcili klip, już go obejrzałem. Ma imponujące umiejętności. Rzuć okiem i daj mi znać, co myślisz".

Sam pozostał cicho przez cały czas. Kiedy się skończył, poprosił o ponowne obejrzenie.

Kiedy skończył się po raz drugi, E-Z zapytał: "Co o tym myślisz?".

"Myślę, że to co widzimy jest imponujące. Podróżujący w czasie chłopiec z Francji".

"Naprawdę przydałaby nam się taka supermoc w naszym zespole".

"Dokładnie - powiedział Sam. "I właśnie dlatego jestem podejrzliwy. Czy korespondowałeś z tym chłopakiem?

E-Z przewinął to, co zostało do tej pory powiedziane.

"Skąd on wie, że nie miałeś supermocy przez całe życie?" zapytał.

"Tak, też tak myślałem. Ale myślę, że to rozsądne założenie. To bystry dzieciak.

"To prawda - powiedział Sam. "Pozwolisz, że poklikam i zobaczę, co znajdę?

E-Z skinął głową, a Sam przejął kontrolę nad jego laptopem. Sprawdził adres IP, który wydawał się być prawdziwy. Nie miał problemów z namierzeniem jego lokalizacji w Paryżu.

Wyszukał imię Francois, dowiedział się, do jakiej szkoły uczęszczał. Dowiedział się, że grał w koszykówkę. Dowiedział się, że potrafi literować. Nie wydawał się pakować w kłopoty.

Potem Sam znalazł zawiadomienie o śmierci matki Francois, która zmarła, gdy miał pięć lat. Przyczyna śmierci nie została określona, ale proszono o przekazanie darowizny na rzecz Paryskiej Fundacji na rzecz Walki z Rakiem Piersi.

"Wszystko wydawało się być legalne" - powiedział Sam.

"Ale skąd możemy mieć pewność? Nie chcę podejmować niepotrzebnego ryzyka".

"Jedynym sposobem, aby się upewnić, byłoby osobiste przesłuchanie dzieciaka." Zawahał się: - Zapytał, kiedy możesz po niego przyjechać. Teraz, gdy o tym myślę, to raczej dziwna myśl jak na dzieciaka podróżującego w czasie.

"Tak, nie myślałem o tym w ten sposób.

"Jedno jest pewne E-Z, jeśli ktoś ma go dostać, to będę to ja. Jesteś tu potrzebny.

"Doceniam ofertę, wujku Samie, ale twoje życie w niebezpieczeństwie nie wchodzi w grę.

"Dobrze - powiedział Sam. "Słyszałeś coś od Alfreda?"

Jak na zawołanie Alfred wkroczył do kuchni. "CO?" zapytał.

ZAP

Pojawił się mały, biały, puszysty kociak.

"Bonjour E-Z, je m'appelle Poppet. Francois m'envoie."

"O rany" - to wszystko, co powiedział E-Z.

Natychmiast pojawił się e-mail od Francois, który brzmiał:

"Czy dotarła bezpiecznie?".

Wujek Sam powiedział: "Cóż, to odpowiada na nasze pytanie".

E-Z wpisał: "Tak, jest tutaj".

ZAP

Poppet zniknęła.

"To takie fajne", napisał Francois. "Kiedy będziesz gotowy, jeśli chcesz mnie w swojej drużynie, sam spróbuję."

"Na razie trzymaj się mocno - powiedział E-Z.

"Skąd Poppet wiedziała, gdzie mieszkamy? zapytał Sam.

"Tego nie wiem.

ROZDZIAŁ DWUDZIESTY PIERWSZY

DECYZJA FRANCOIS

Następnego dnia E-Z zwołał awaryjne spotkanie grupy. Gdy wszyscy już usiedli, od razu przeszedł do rzeczy.

"Potencjalny nowy członek poprosił o dołączenie do naszego zespołu. Sam i ja sprawdziliśmy jego aplikację i wszystko wygląda na legalne".

"Popieram tę opinię - powiedział Sam.

E-Z skinął głową: "Francois jest podróżnikiem w czasie".

"Wow!" powiedziała Lia.

"Niesamowite!" powiedział Lachie.

Pozostali mieli podobne komentarze, z wyjątkiem Charlesa, który zapytał: "Co to jest podróżnik w czasie?".

"Jesteś!" powiedziała Brandy.

"To ktoś, kto podróżuje z jednego czasu do drugiego" - powiedziała Lia.

"Może po prostu spójrz na ten klip, a lepiej zrozumiesz, a my wszyscy lepiej zrozumiemy, co on może zrobić. Zerknął na Alfreda: - Ale zanim porozmawiamy o Francois, chciałbym przekazać głos Alfredowi, aby mógł nam powiedzieć, co odkrył w książce. Do ciebie, Alfredzie.

Trębacz oczyścił gardło, a wszystkie oczy zwróciły się w jego stronę.

"Przejrzałem wszystko, z przodu, z tyłu, z boku i obawiam się, że to niewiele pomoże. Ponieważ Furie otrzymały konkretny mandat - i przestrzegają go (nawet jeśli naginają zasady), nie sądzę nawet, by Zeus mógł je ukarać za to, co robią".

"Mówisz, że to beznadziejne? zapytała Brandy.

"Nie, nie mówię, że to beznadziejne, ale po prostu nie widzę wyjścia. To znaczy, chyba że nie wiedzą tego, co my wiemy.

"Czyli czego? zapytała Brandy.

"Plan Eriela. Jak ich wykorzystywał. Gdzie jest Eriel. Jak to się stało, że nie ma z nim kontaktu.

"To prawda, muszą się zastanawiać, dlaczego się z nimi nie komunikuje - powiedział Lachie.

"A to może wywołać nieufność - dodała Brandy.

"A co jeśli - powiedziała Sam - te informacje wyciekły do nich? - Myślałam o tym samym - powiedziała Samanta. "Może bez niego odwróciliby się ogonem i uciekli.

"Ale może być też odwrotnie. Bez niego, który trzymałby ich na smyczy, mogliby. Kto wie, co by zrobiły!" powiedział E-Z.

"Zebrali już wiele dusz - powiedziała Lia. "Myślę, że E-Z ma rację. Świadomość, że nie ma go na celowniku, może sprawić, że będą odważniejsi.

Alfred zauważył, że rozmowa natrafia na mur: "Porozmawiajmy więc o supermocach Francois. Jest podróżnikiem w czasie. Jak mógłby nam pomóc?

"Jeszcze jedna rzecz," zaczął E-Z, "i to Wujek Sam to zauważył, więc być może będzie najlepszą osobą, która to wyjaśni."

"Nie, mów śmiało - powiedział Sam.

"Francois przysłał tu kociaka.

"Kociaka? zapytał Sobo.

"Tak. Nazywała się Poppet i przybyła do kuchni. Od razu otrzymałem wiadomość od Francois z pytaniem, czy dotarła bezpiecznie. Przywitała się - tak, potrafiła mówić. Po potwierdzeniu, że dotarła bezpiecznie, wyskoczyła ponownie. Pytanie, które Sam zadał później, brzmiało: skąd wiedziała, gdzie mieszkamy?"

"Poczekaj chwilę - powiedział Charles. "Czy ktoś nie powiedział mi, że twój adres został opublikowany w Internecie?"

"Też to słyszałam - powiedziała Brandy.

Sam powiedział: "Wow, wydaje się, że to było wieki temu, ale to prawda".

Zebrali się wokół Sama i zobaczyli ich dom online połączony ze stroną internetową, którą mogli zobaczyć wszyscy na świecie.

"Cóż, nie ma co do tego wątpliwości. Jeśli wiedzą, kim jesteśmy, to wiedzą też, gdzie jesteśmy - powiedział Sam. "Chyba że..."

"Chyba że co?" zapytał E-Z.

"Chyba że nie są tak obeznani z technologią, jak nam się wydaje".

Sobo powiedział: "Nigdy nie lekceważ wroga. W ten sposób niegodni złoczyńcy stają się bohaterami".

"Dobra, najpierw obejrzyjmy, jak Francois podróżuje w czasie, a potem zróbmy burzę mózgów na temat tego, jak mógłby nam pomóc pokonać Furie - powiedział E-Z.

Oglądali klip w ciszy. Kiedy się skończył, E-Z powiedział: "Napiszę listę. Kto chce zacząć?"

"Nie - powiedział Sam. "Myślę, że powinniśmy spisać ją w staroświecki sposób. Wiesz, długopisem i papierem". Sięgnął do kuchennej szuflady i wyciągnął notatnik, którego używali do robienia list zakupów i długopis. "Idź i zrób burzę mózgów, ja będę sekretarką. I nawet nie musisz płacić mi pensji".

Kilka śmiechów i parsknięć, a potem pomysły zaczęły płynąć:

#1. Francois mógłby cofnąć się w czasie, dowiedzieć się, co stało się z PJ i Ardenem i powstrzymać to.

#2. Francois mógłby cofnąć się w czasie i powstrzymać wszystkie dzieci przed zabiciem.

#3. Francois mógłby cofnąć się w czasie i powstrzymać rodziców E-Z przed śmiercią, powstrzymać jego wypadek.

#4. To samo dotyczy wypadku Lii.

#5. To samo dotyczy wypadku rodziny Alfreda.

#6. Ditto re: Lachlan zamknięty w klatce.

Przerywnik.

Haruto był szczęśliwy ze swoją nową rodziną. Koniec historii.

Brandy była zadowolona z możliwości śmierci i powrotu do życia, chociaż zapytała, czy powrót do dnia przesłuchania jest realną opcją. Prośba ta została jednogłośnie odrzucona.

Charles również nie żałował.

Wznowiono sesję burzy mózgów:

#7. Francois mógł cofnąć się do czasów przed stworzeniem Furii, aby zapewnić im piętę achillesową.

#8. Francois mógłby cofnąć się w czasie do pierwszego dnia, w którym Eriel spotkała się z Furiami. Mógłby być szpiegiem. A może mógłby się upewnić, że nigdy się nie spotkają?

#9. Jeśli Poppet mogła wskakiwać i wyskakiwać, czy Francois mógł zrobić to samo?

Alfred powiedział: "Poczekaj chwilę. To całkowicie szalone, ale co jeśli Francois cofnąłby się i anulował istnienie Furii?".

"Wow, to świetny pomysł!" powiedział E-Z. "Ale we wszystkich historiach, które czytałem o podróżach w czasie, bawienie się życiem i zmienianie wydarzeń jest zawsze źle widziane".

Tak, pamiętam to z "Powrotu do przyszłości". Ale z własnego doświadczenia" - wyjaśniła Brandy - "kiedy umieram i wracam, to tak, jakby wydarzenia prowadzące do mojej śmierci nigdy się nie wydarzyły. To jak sen, jeśli wiesz, co mam na myśli."

"Sam przeciągnął się i ziewnął. "Dzieci wkrótce się obudzą. Nie chcę przekraczać granic przywództwa E-Z, ale myślę, że musimy poświęcić trochę czasu na przemyślenia, zanim podejmiemy jakiekolwiek działania.

"Zgoda. Dziękuję wszystkim za wspaniałą burzę mózgów" - powiedział E-Z.

Spotkanie zostało zakończone.

ROZDZIAŁ DWUDZIESTY DRUGI

CIEPŁE MLEKO

Lia i pozostali spędzili dzień robiąc swoje. Wieczorem, wyczerpana, rzucała się i przewracała, ale nie mogła zasnąć. Sfrustrowana po wielu godzinach bez snu i ciągłego zamartwiania się, zeszła na dół po ciepłe mleko.

Włożyła kubek do mikrofalówki, wybrała 40 sekund, a następnie nacisnęła start. Gdy zegar odliczał czas, obserwowała liczby 39, 38, 37, 36 itd. aż pojawiła się liczba 33. Była to ostatnia liczba, jaką zobaczyła.

"Witaj Mała Dorrit - powiedziała, żałując, że nie założyła szlafroka. "Dokąd lecimy?"

"Mamy misję - odpowiedział jednorożec. "Dokąd lecimy?"

"Nie wiesz kto?"

"Nie. Zajmowałem się swoimi sprawami, kiedy wezwałaś mnie Lia, nie pamiętasz?

"Nie dzwoniłam do ciebie - powiedziała Lia. "Jeszcze nie zasnęłam. To dziwne.

Jednorożec zamarł w powietrzu.

WHOOSH

Mała Dorrit wystartowała z pełną prędkością.

"Argghh!" krzyknęła Lia, trzymając się kurczowo. "Co się dzieje? Dlaczego jedziesz tak szybko?

"Nie wiem - odpowiedział jednorożec. "To tak, jakby ktoś lub coś przejęło nade mną kontrolę. Próbowała się zatrzymać, tak jak zrobiła to zaledwie chwilę wcześniej. Teraz, bez względu na to, co robiła, nie mogła się zatrzymać. Nie mogła też zwolnić.

"Trzymaj się mocno!" krzyknęła Mała Dorrit, gdy jej ciało zaczęło toczyć się do przodu. "O nie!"

krzyknęła Lia, ale trzymała się mocno. W końcu przestały się toczyć, ale zamiast zwolnić, przyspieszyły jeszcze bardziej.

Lecieli dalej i dalej, a noc zamieniła się w dzień. W miarę jak słońce wspinało się po niebie, odległość między nimi malała.

"Czuję, jakby moja skóra płonęła!" wykrzyknęła Lia.

"Moje futro też - powiedziała Mała Dorrit. "Pozwól, że spróbuję obrócić nas jeszcze raz. Spróbowała i tak jak poprzednio potoczyły się na łeb, na szyję, zmniejszając dystans między nimi a gorącym słońcem.

"Musimy zawrócić! krzyknęła Lia. "Jeśli tego nie zrobimy, będzie po nas.

"Ale ja nie mogę się zatrzymać. Nie mogę nic zrobić. Poczekaj, poproszę o pomoc Baby.

Na tle płonącego słońca pojawiły się trzy skrzydlate stworzenia. Trzymały się za ręce, a ich poczerniałe szaty wirowały i skręcały się wokół ich ciał.

SNAP!

SNAP!

SNAP!

To był dźwięk, który wypełnił powietrze, dźwięk trzaskającego bicza, gdy Lia i Mała Dorrit zostały pociągnięte w jego kierunku jak na wiązce traktora. Grzmotnęło, choć nie było widać żadnych burz, gdy szpony słońca wyciągnęły się w ich stronę, grożąc dezintegracją ich istnienia.

"Już po nas! powiedziała Lia. "Dziękuję, że próbowałaś nas uratować. Przytuliła jednorożca. "Szkoda, że nie masz wodzy. Może wtedy mogłabym cię zawrócić.

ZAP!

Pojawiły się lejce.

Lia owinęła wokół nich ręce, ale zanim zdążyła przejąć nad nimi kontrolę, rozpłynęły się w nicość.

"Masz rację, chyba już po nas - powiedziała Mała Dorrit. Z jej oczu popłynęły szklane łzy.

BONJOUR

Pojawił się Francois: - Czy mogę pomóc?

"Na pewno możesz - wykrzyknęła Lia. "Zabierz nas stąd!"

"Zamknijcie oczy i trzymajcie się mocno - powiedział Francois.

Lia i Mała Dorrit zadrżały ze strachu.

DING. DING. DING.

Kuchenka mikrofalowa. Kuchnia.

Lia upadła na podłogę.

Mała Dorrit wylądowała bezpiecznie w chłodnym strumieniu, gdzie się popluskała, po czym ruszyła w stronę domu.

"Gdzie byłaś?" zapytało dziecko.

"Chyba nie dostałaś mojej wiadomości. Nieważne. Jestem zbyt zmęczona - powiedziała Mała Dorrit. "Opowiem ci o tym rano".

ROZDZIAŁ DWUDZIESTY TRZECI

NASTĘPNEGO DNIA

To była kolej Sobo na gotowanie śniadania, to ona znalazła Lię na podłodze zwiniętą jak porzucony kłębek wełny.

Sobo krzyknęła: "Chodźcie szybko! Nasza Lia potrzebuje pomocy!"

Samantha przybyła jako pierwsza. Natychmiast przyłożyła usta do czoła Lii, aby sprawdzić temperaturę, a następnie krzyknęła, aby jej mąż przyniósł termometr, aby sprawdzić jeszcze raz.

"Jej temperatura wynosi 107,7 - potwierdziła Sam. "Musimy zabrać ją do szpitala.

Samanta zadzwoniła pod 911, podczas gdy Sam podniósł Lię i położył ją na sofie, a oni czekali na karetkę.

"Ja będę trzymał fort" - powiedział Sam, gdy jego żona i Sobo podążali za sanitariuszami, którzy nieśli nieprzytomną Lię na noszach.

Gdy karetka odjechała od krawężnika z wyjącą syreną, Lia otworzyła oczy i spróbowała usiąść.

"Czuję się dobrze" - powiedziała.

Sanitariusz ponownie sprawdził jej temperaturę i była w normie. Wzruszył ramionami.

Zanim dotarli do szpitala, Lia wróciła do dawnej formy i chciała wrócić do domu - teraz.

"Chociaż jej parametry życiowe są teraz w porządku, skoro nas wezwałeś, musimy działać. Lia zostanie przyjęta, a gdy lekarz dyżurny wyrazi zgodę, będzie mogła wrócić do domu".

"Cóż, przynajmniej pozwól mi wejść", powiedziała uczestniczka, gdy kierowca otworzył drzwi.

"Nie, mała damo, zostań na miejscu - powiedział, gdy przygotowywali się do wniesienia noszy i ich pasażerki do środka, a Samanta i Sobo podążali za nimi.

Samantha wysłała Samowi wiadomość tekstową. Odpowiedział emoji z kciukiem w górę, gdy praktycznie weszła do rodziców PJ i Ardena, którzy byli w drodze do wyjścia.

"Obudzili się! Nasi chłopcy się obudzili!"

"Obaj?" wykrzyknęła Samanta, przekazując te najnowsze informacje Samowi, który obudził swojego siostrzeńca, aby przekazać mu dobre wieści.

"Zaraz tam będę! powiedział E-Z po wezwaniu taksówki.

ROZDZIAŁ DWUDZIESTY CZWARTY

W SZPITALU

E-Z był w drodze do swoich dwóch najlepszych przyjaciół. W taksówce jego umysł wciąż powtarzał dobre wieści. Tak wiele się wydarzyło. Tak wiele ich ominęło. Tyle rzeczy musiał im powiedzieć. Chciał im powiedzieć.

"Czy wiesz, który to pokój?" - zapytała pielęgniarka.

Powiedział jej, że nie, a ona szybko go znalazła. Po podziękowaniu złapał windę i udał się do ich pokoju, zastanawiając się, czy powinien im coś kupić. Kwiaty? Cukierki. Postanowił zapytać, czy czegoś nie potrzebują.

Doszedł tuż przed ich drzwiami, w środku usłyszał ich głosy i podsłuchiwał przez kilka chwil, zanim ujawnił swoją obecność. Następnie wziął głęboki oddech, starając się powstrzymać emocje przed obezwładnieniem go - nie chciał być taki płaczliwy i zawstydzać samego siebie...

"Wejdź, ty wielki mięczaku!" powiedział PJ.

"Ahhhhh, tęsknił za nami!" powiedział Arden.

"Czy nie powinniście być bardziej zadbani po tym całym śnie? Przy okazji, oboje musicie się ogolić!"

"Nie chcemy cię przyćmić, a ja lubię czuć swój wąs" - powiedział Arden.

"Wiemy, że uwielbiasz uwagę! Widzę, że twojej szczotce do butelek też przydałoby się przycięcie!".

Matka PJ'a, która właśnie wróciła do pokoju, szepnęła do E-Z, że nie chcą, aby chłopcy przesadzili, ponieważ nie śpią dopiero od kilku godzin.

Po krótkiej pogawędce E-Z przytulił obu przyjaciół i powiedział, że musi już iść. "Wrócę", obiecał, "i przemycę hamburgera lub dwa - słyszałem, że szpitalne jedzenie jest naprawdę bardzo złe".

"Nie zrobisz tego!" powiedziała matka Ardena, gdy również wróciła do pokoju.

Cofnął swoje krzesło, z matką Arden naprzeciwko niego, a jego dwaj przyjaciele położyli ręce razem, błagając go, aby przyniósł im jedzenie.

Idąc korytarzem, nie mógł uwierzyć, jak bardzo za nimi tęsknił - i jak dobrze wyglądali. Zjechał windą do Emergency, gdzie znalazł Samanthę i Sobo.

"Jakieś wieści? zapytał E-Z.

"Była w porządku, wściekli, że kazali jej zostać, żeby ją zbadać" - powiedziała Samanta. "Ale poczuję się lepiej, gdy wszystko będzie jasne i będziemy mogli się stąd wydostać.

"Ja też - powiedział E-Z. "Pozwól mi się rozejrzeć. Ruszył wzdłuż korytarza. Wsłuchiwał się w głosy wewnątrz zasłoniętego obszaru, który uznał za stację wstępną. W końcu usłyszał głos Lii i wszedł do środka.

"Poczekaj na zewnątrz - powiedziała pielęgniarka.

"Ale ona jest moją siostrą".

"Chcę wrócić do domu - teraz! - zażądała, po czym skrzyżowała ręce na piersi.

"Zostaniesz wypisana, gdy tylko lekarz powie, że możesz zostać wypisana. I ani chwili wcześniej.

"Jak się czujesz? Mama się o ciebie martwi.

"Zostawię was samych, abyście mogli porozmawiać - powiedziała pielęgniarka. "Lekarz powinien być wkrótce. I upewnij się, że jest spokojna".

"Dzięki - powiedział E-Z.

Kiedy odeszła, przytulili się.

"Mała Dorrit i ja prawie zostałyśmy spalone przez słońce!" powiedziała. Opowiedziała E-Z wszystko od początku do końca.

"Ciekawe, że to Francois cię uratował."

"Nie wiem, skąd wiedział. Mała Dorrit i ja myślałyśmy, że już po nas. To na pewno były Furie. Chciały nas spalić! Spaliły nas. To okropne, złe czarownice!".

"Były tam węże?" zapytał E-Z

"Węże i bicze".

"Brzmi jak Furie, w porządku." E-Z zawahał się. Zmienił temat. "Słyszałaś o PJ i Arden?

Potrząsnęła głową.

"Obudzili się!"

"Niemożliwe! To dziwny zbieg okoliczności, nie sądzisz? Próbują zlikwidować Małą Dorrit i mnie, a tymczasem nasze dwie przyjaciółki w śpiączce się budzą.

"Masz rację, myślę, że to wszystko jest ze sobą powiązane.

Samanta odsunęła zasłonę: "Co się łączy?". Przytuliła swoją córkę. "Jak się teraz czujesz kochanie?"

"Nie jestem dzieckiem - powiedziała Lia. "Ale czuję się lepiej i chcę wrócić do domu. Po tym, jak odwiedzę PJ i Ardena.

Wszedł Sobo. Przytuliła Lię.

"Co ci się stało? - zapytała.

Lia ponownie wszystko wyjaśniła. Jej matka nie przyjęła tego tak dobrze jak Sobo. E-Z podbiegł i nalał Sam szklankę wody. Podczas gdy Sobo miał mnóstwo pytań. "Podgrzewałaś mleko w mikrofalówce?

Lia skinęła głową.

"I wtedy zostałeś wyrzucony z kuchni?

"Tak, prosto na plecy Małej Dorrit. Mała Dorrit powiedziała, że ją wezwałam, ale tak nie było.

"I co się wtedy stało? zapytał Sobo.

"Cóż, Mała Dorrit leciała i rozmawialiśmy, a kiedy żadne z nas nie wiedziało, dokąd lecimy i dlaczego, myśleliśmy o zawróceniu. Następną rzeczą, jaką wiedzieliśmy, było to, że Mała Dorrit i ja byliśmy zmuszani do zbliżania się do słońca bez możliwości zawrócenia".

"Ale ty i Mała Dorrit nie spełniacie kryteriów Furii. Nie powinny być w stanie dotknąć żadnego z was!" wykrzyknął E-Z.

Samantha powiedziała: "Może to tylko zbieg okoliczności.

Sobo powtórzyła swoją wcześniejszą radę: "Nigdy nie lekceważ wroga".

Gdy Lia mogła wrócić do domu, ona i E-Z zaskoczyli PJ i Ardena cheeseburgerami i frytkami, które przemycili.

W drodze do domu taksówką, z Samanthą, Sobo i Lią, E-Z myślał tylko o jednym. Furie zaatakowały Lię i Małą Dorrit i zawiodły. Nie tylko im się nie udało - dzięki Francoisowi - ale w jakiś sposób wszechświat odesłał PJ i Ardena.

Przypadek? Nie sądził. Zamiast tego chciał wierzyć, że moce Furii zmniejszały się, jeśli wykraczały poza ich mandat.

Tak czy inaczej, on i jego zespół musieli być gotowi w każdej chwili, aby wykorzystać sytuację.

To mogła być ich jedyna szansa.

Jedyna przewaga na ich korzyść.

ROZDZIAŁ DWUDZIESTY PIĄTY

SOBO

"Muszę zadać jeszcze jedno pytanie", Sam zapytał E-Z, zanim wszyscy weszli na spotkanie.

"Dobrze, pytaj śmiało - powiedział E-Z.

"Zastanawiałem się, dlaczego Rosalie nie wiedziała o Francois.

"E-Z zdążył tylko odpowiedzieć, zanim Brandy i Lia weszły do kuchni.

"Nie przeszkadzaj nam - powiedziała Brandy, otwierając lodówkę, wyjmując sok pomarańczowy i kończąc go przed wyrzuceniem pojemnika do kosza na śmieci.

"Powinnaś to najpierw wypłukać - powiedział E-Z, co Brandy zrobiła. Następnie usiadła na krześle i wytarła usta wierzchem dłoni.

"Przepraszam, nie chciałam być niegrzeczna, wiesz, że zatrzymałam się tak nagle. Chciałam, żebyśmy wszyscy byli tutaj i omówili obawy wujka Sama.

"W porządku - powiedziała Lia, zajmując miejsce obok Brandy.

Pozostali przybyli jeden po drugim i zajęli swoje miejsca przy stole.

E-Z zaczął od poinformowania wszystkich o cudownym wyzdrowieniu PJ i Arden, co zostało nagrodzone gromkimi brawami przez wszystkich, w tym tych, którzy jeszcze ich nie poznali.

"Następnie, w porządku obrad i myślę, że te dwa punkty mogą być ze sobą powiązane, Lia i Mała Dorrit zostały podstępem zmuszone do opuszczenia domu, a ich życie było zagrożone. Gdyby nie Francois, Furie, które uważamy za odpowiedzialne, mogłyby odnieść sukces.

"Brawo Francois! powiedział Charles.

"Jak zostałeś oszukany?" zapytała Brandy.

"Gdzie to się stało?" zapytał Lachie.

"Lia, chcesz o tym opowiedzieć?" zapytał E-Z. Potrząsnęła głową, nie. "Wskakuj, jeśli coś pominę", powiedział. Wyjaśnił, co się stało i dlaczego uważają, że Furie są za to odpowiedzialne.

"Od tamtej pory myślałem o Furiach i ich mandacie. Jak wiemy, muszą go przestrzegać. Kiedy próbowały zabić Lię i Małą Dorrit, złamały zasady. Jaki powód mogły podać, próbując zabić Lię lub Małą Dorrit? Nie tylko postąpili wbrew swojemu mandatowi, ale ponieśli porażkę. Teraz zastanów się, co wydarzyło się dokładnie w tym samym czasie - mam na myśli oczywiście PJ i Arden - wyszli ze śpiączki. Przypadek? Myślę, że nie.

"A im bardziej łączę je w moim umyśle, tym bardziej zastanawiam się, czy Furie mogą słabnąć. Jeśli mam rację, to teraz może być odpowiedni moment, abyśmy je pokonali.

"To możliwe - powiedział Alfred - ale pamiętam, że w czasach szkolnych czytałem o Einsteinie, co może dowodzić czegoś innego. To znaczy, to mogły wcale nie być Furie. Mogło to być zakłócenie kontinuum czasoprzestrzennego. Skoro Francois był w stanie ich uratować i nikt z nas nie wiedział, że to się dzieje, to wydaje się, że jest to możliwość warta zbadania, nie sądzisz?".

Sam zaczął się przechadzać. "Biorąc pod uwagę wszystko, co wiemy o Furiach i to, co pamiętam z moich studiów o Einsteinie - aby mieć szansę na zakrzywienie kontinuum czasoprzestrzennego, Lia i Mała Dorrit musiałyby podróżować szybciej niż światło - 186 282 mil na sekundę. Gdybyście jechali tak szybko, cofnęlibyście się w czasie, a nie do przodu".

"Podróżowałyśmy szybko, ale nie tak szybko" - powiedziała Lia.

"Opowiedz nam jeszcze raz, co się stało, Lia. Klatka po klatce. Aż do momentu, gdy pojawił się Francois - powiedział Alfred.

Historia Lii zaczęła się w kuchni, a skończyła w szpitalu.

Przez podniesienie ręki wszyscy zagłosowali, że uważają Furie za odpowiedzialne, ale nadal nikt nie potrafił wyjaśnić, dlaczego Francois wiedział i jak został wezwany.

"Wezwałeś go? zapytał E-Z. "To znaczy, skąd wiedział? To jest coś, o co zamierzam go zapytać.

"Co sprowadza mnie z powrotem do punktu wyjścia - powiedział Sam. "A moje pytanie brzmi: dlaczego Rosalie nie wiedziała o Francois?

"A jak się miewa Mała Dorrit? zapytał Sobo.

"Nie wiem jak Francois, ale jednorożec spał, kiedy rano wyszedłem na trawę.

"To dobrze - powiedziała Lia.

"Może lekarze mają jakieś wyjaśnienie, dlaczego PJ i Arden obudzili się wtedy, kiedy się obudzili? zapytał Sam.

"To prawda, mogą, ale nie widzę, by miało to dla nas jakieś znaczenie. Nie bardzo. Najważniejsze jest to, że się obudzili i nadal nie wiemy, czy Furie są za nich odpowiedzialne. Mamy jednak dowody na to, co robiły innym dzieciom i w ten czy inny sposób musimy sprawić, by za to zapłaciły. I musimy sprawić, by przestały.

"Może lekarze mają wyjaśnienie, dlaczego PJ i Arden obudzili się wtedy, kiedy się obudzili? zapytał Sam.

"To prawda, mogą, ale nie widzę, jakie to ma dla nas znaczenie. Nie bardzo. Najważniejsze jest to, że się obudzili i nadal nie wiemy, czy Furie są za nich odpowiedzialne. Mamy jednak dowody na to, co robiły innym dzieciom i w ten czy inny sposób musimy sprawić, by za to zapłaciły. I musimy sprawić, by przestały.

"Masz! Masz!" powiedział Charles, uderzając dłonią w stół.

"Czy możemy porozmawiać trochę więcej o Francois - zapytała Brandy.

"A co, jeśli nie chce nam nic powiedzieć - zapytał Charles - dopóki nie zaakceptujemy go jako członka zespołu?

"Charles ma rację - powiedział E-Z. "Jestem gotów użyć tego jako testu z Francois. Jeśli nie powie nam tego, co wie, to może nie powinien być jednym z nas.

"A jeśli jest naprawdę dobrym kłamcą? zapytała Brandy. "Niektórzy ludzie są świetnymi kłamcami.

Lia powiedziała: "Dlaczego nie zrobimy połączenia przez Zoom? Możemy wszyscy z nim porozmawiać, zobaczyć o co mu chodzi, a potem zagłosować? Jestem już gotowa zagłosować na tak".

"Nie" - powiedział E-Z. "Nie chcę, żeby wiedział o Charlesie, Haruto, Lachie czy Brandy. Wszystko, co teraz wie, to to, co może znaleźć w Internecie".

"A jednak - wtrącił Sam - Poppet była w stanie wpaść do naszego domu.

"Tak, to jest to - powiedział E-Z.

"Plus, uratował Little Dorrit i mnie - więc wie o niej."

"Mam wrażenie, że kręcimy się w kółko - powiedział Alfred. "W międzyczasie umiera coraz więcej dzieci i trafia do Łowców Dusz, które należą do innych zmarłych" - powiedział Alfred. "Miałem nadzieję, że będziemy dalej, po tym jak rozszyfrowałem informacje z książki.

"Poczekaj chwilę - powiedział E-Z. "Czy ktoś widział dziś Hadza i Reiki?

Nikt.

Telefon E-Z zabrzęczał. Przyszła długa wiadomość tekstowa od PJ i Ardena:

"Nie pytaj nas skąd, ale wiemy, że Furie idą w twoją stronę. I tak, mamy plan. Musimy wiedzieć, kiedy je zobaczysz. Wyślij nam wiadomość - i Haruto."

odpowiedział E-Z. "Co????"

"Zaufaj nam", napisał PJ.

Obaj wymienili się kciukami w górę, po czym wyjaśnił sytuację Haruto i pozostałym.

Wiedząc, że Furie są gotowe do rozpoczęcia walki teraz, na terytorium wroga i bez ich przywódczyni Eriel, E-Z poczuł niepokój. Stracili jednak element zaskoczenia dzięki PJ i Ardenowi.

Siedzenie i czekanie na ich przybycie nie było najlepszą strategią.

Ale teraz mieli przewagę. Wszystko, co musieli zrobić, to siedzieć i czekać - i mieć nadzieję.

ROZDZIAŁ DWUDZIESTY SZÓSTY

NIESPODZIEWANI GOŚCIE

Wszyscy zajęli się swoimi sprawami, próbując zająć się czekaniem. Wtedy, nawet przez ceglane ściany, przedarł się nieunikniony smród.

"Co to jest?" krzyknęła Lia, zatykając nos palcami. "Wciąż to czuję!"

Brandy robiła to samo z prawą ręką, a lewą rozpylała odświeżacz powietrza po pokoju, który zamiast zmniejszyć siłę smrodu, wydawał się zagęszczać powietrze i wzmacniać go.

"Chodźmy na zewnątrz! powiedział Lachie. "Może tam będzie lepiej? Otworzył drzwi, mimo że logika podpowiadała mu, że jeśli w środku jest źle, to na zewnątrz musi być jeszcze gorzej. Na początku jego zmysły dały się oszukać i nic nie poczuł. Czyżby się przyzwyczaił? Czy Furie zbombardowały wnętrze domu?

Potem zauważył Małą Dorrit i Dziecko, krążące nad nim. "Tu na górze nie jest lepiej!" powiedziało dziecko.

"Nieważne, jak polecimy!" dodała Mała Dorrit.

Wtedy znowu uderzył go smród, jakby dostał w twarz i na chwilę stracił równowagę. Zauważył sznur na ubrania i kołki i pobiegł w ich kierunku. Zacisnął jeden na nosie i voila, nic nie czuł. Pomachał do Małej Dorrit i Dzidziusia, by zeszły na dół, a gdy to zrobiły, przyłożył kolejne kołki (ich nosy potrzebowały kilku), aż i one przestały czuć śmierdzący zapach.

"Dzięki - powiedziały Mała Dorrit i Dziecko, podnosząc się z ziemi. "Będziemy was pilnować.

Lachie dał im kciuka w górę, po czym zauważył zamieszanie na ścieżce prowadzącej do ogrodzenia w ogrodzie. Grupa stworzeń utworzyła krąg, jakby się naradzali. Ruszył w jego stronę, gdy sowa poderwała się z gałęzi i wylądowała na jego ramieniu.

"Witaj - powiedział, spoglądając w oczy sowy. "Czy my się już kiedyś spotkaliśmy?" Sowa skinęła głową i wtedy rozpoznał, kto to był. To był Sobo. "Kiedy powiedziałeś, że twoją supermocą jest transformacja, nie myślałem o tobie w ten sposób!

"Haruto nie wie," powiedziała. "Przynajmniej nie sądzę, by mnie pamiętał - jeszcze." Podleciała z powrotem do grupy stworzeń: "Dołącz do nas", powiedziała.

Lachie przeszedł między nimi, przedstawiając się kolejno jeleniowi o imieniu Oboe, szopowi o imieniu Charlie, lisowi o imieniu Louise, ptakowi (Blue Jay) o imieniu Lenny i drugiemu ptakowi (Cardinal) o imieniu Percy.

"Przyszliśmy pomóc" - powiedział jeleń Oboe - "ale bardzo boimy się Furii".

"Dajcie mi się z nimi zmierzyć!" wykrzyknął szop Charlie. "Wydłubię im oczy pazurami".

"A ja wyrwę im gardła!" krzyknął lis Louse.

"Whoa! Poczekaj chwilę!" powiedział Lachie. "To nie jest twoja walka. Chociaż doceniam twoją gotowość do pomocy, dlaczego najpierw nie dasz nam szansy? Jeśli będziemy potrzebować twojej pomocy, zagwiżdżę, a ty będziesz mógł wkroczyć.

"On ma rację - powiedział Sobo. "Chociaż nie ma na myśli mnie. Spojrzała na Lachie, aby upewnić się, że jej przypuszczenia zostały skorygowane i odpowiedziała skinieniem głowy. "Muszę chronić mojego wnuka i pozostałych.

Lenny i Percy, dwa pozostałe ptaki, świergotały między sobą.

Sobo, który był spokojny, teraz zaczął trzepotać w najbardziej nieregularny sposób, powtarzając: "Nadchodzą złe rzeczy! Straszne rzeczy nadchodzą! Straszne rzeczy nadchodzą!"

"Cicho, Sobo - powiedział Lachie, próbując ją uspokoić. "Jesteśmy gotowi, a oni nie wiedzą, że my wiemy, że nadchodzą".

DUDNIENIE DUDNIENIE DUDNIENIE DUDNIENIE

DUD DUD DUD DUD

UDERZENIE, UDERZENIE, UDERZENIE, UDERZENIE

To był dźwięk, który wydawała ziemia pod ich stopami, pulsujący jak serce próbujące wyrwać się z klatki piersiowej.

Po dudnieniu nastąpiło bębnienie.

Potem dudnienie.

"Furie nadchodzą!

Furie nadchodzą!

Furie nadchodzą!"

Podczas gdy niebo nad nimi wirowało

I obracało się.

I płonęło.

Od jaskrawego błękitu do krwistej, pomarańczowej czerwieni.

Sąsiedzi wylegli na zewnątrz, jak to sąsiedzi - żeby zobaczyć, o co chodzi z tym śmierdzącym zapachem. Niektórzy hałaśliwi mieszkańcy parkingu zemdleli, gdy ich zmysły zostały przytłoczone, a niektórzy przynieśli popcorn na ganek, aby jeść i oglądać.

Nie mieli pojęcia, jakie niebezpieczeństwo zbliża się w ich stronę.

A jednak były wskazówki.

Dudniące szepty.

Stukot, stukot, stukot.

Mimo to wielu z nich nie wycofało się do bezpiecznych domów.

Zamiast tego jedli popcorn i pili napoje gazowane, cały czas czekając.

UCIECZKA

Bez ucieczki.

Podczas gdy ziemia pod ich stopami była

DUDNIENIE DUDNIENIE DUDNIENIE DUDNIENIE

DUD DUD DUD DUD

DUDNIENIE DUDNIENIE DUDNIENIE DUDNIENIE

Potem nastąpiło bębnienie.

Potem dudnienie.

"Furie nadchodzą! Furie nadchodzą! Furie nadchodzą!"

$$* * *$$

"Chodźmy na zewnątrz!" wykrzyknął E-Z. "I stawmy im czoła! Otworzył szeroko drzwi frontowe, tak że uderzyły o ścianę.

Brandy, Lia, Haruto, Charles i Alfred byli za nim, gotowi do działania w chwili, gdy otrzymają rozkaz.

Zerknął przez ramię, by zobaczyć Sam i Samanthę wychodzące z domu. - Nie ty - powiedział. "Dzieci potrzebują cię w środku. Zostaw to nam.

Sam i Samantha wycofali się.

Teraz czterech żołnierzy stało obok siebie na trawniku, czekając. Dla obcej osoby mogliby wyglądać jak grupa dzieci czekających na autobus szkolny w normalny dzień szkolny. Ale to nie był normalny dzień. To był Armageddon.

Ramiona Lii trzęsły się i drżały, gdy przeszukiwała swój umysł, otworzyła się na swój umysł, mając nadzieję, że jej supermoce pozwolą jej uzyskać dostęp do umysłów Furii. Miała nadzieję, że będzie w stanie znaleźć jakiekolwiek wskazówki, informacje, które pomogą jej drużynie - ale jej umysł pozostawał pusty.

Alfred powiedział: "Polecę na dach. Zobacz, co mogę zobaczyć".

E-Z skinął głową. "Uważaj na siebie. I sprawdź, czy znajdziesz Lachie i Sobo. Zauważył już jednorożca i smoka lecących wysoko nad nimi. Dał im kciuka w górę.

Głośny gwizd i Baby zanurkował w dół, Lachie wskoczył mu na grzbiet i razem dołączyli do Alfreda na dachu. Obok nich wylądowała sowa.

"To Sobo - powiedział Lachie.

"Widzisz coś? zapytał E-Z.

Alfred zatrzepotał skrzydłami: - Zbliża się do nas ogromna półka wielkości góry lodowej, ale porusza się szybko.

E-Z próbował wyobrazić to sobie w głowie, ale nie mógł, bo jak do cholery on i jego zespół mieli powstrzymać coś takiego? Jak?

"Zmierza w naszą stronę jak tsunami - powiedział Alfred.

"Ale to nie jest zrobione z wody - powiedział Lachie. "Wyglądało, jakby było zrobione z piasku. Piaskowa fala. Niosąca trzy kobiety ubrane na czarno".

Fala piasku, tak, teraz mógł to sobie wyobrazić. "ETA? To znaczy szacowany czas przybycia?" zapytał E-Z.

"Trudno powiedzieć - odparł Alfred. "Minuty..."

Przez cały czas pod ich stopami ziemia wciąż bębniła.

I dudniła.

"Furie nadchodzą! Furie nadchodzą! Furie nadchodzą!"

✳✳✳

"**W**ejdź do środka!" E-Z krzyknął do wścibskich sąsiadów. "Zamknijcie drzwi, zablokujcie je. I opublikujcie ogłoszenie w mediach społecznościowych. Powiedz wszystkim, aby pozostali w domach. Powiedz im, żeby nie wychodzili na zewnątrz, dopóki nie dostaną ode mnie pozwolenia! A teraz idźcie!"

SLAM.

SLAM.

Przez jego ramię Alfred, sowa, Lachie i Baby patrzyli, jak fala zmniejsza dystans między Furiami a jego drużyną, podczas gdy Mała Dorrit obserwowała ich z góry.

Było już za późno na plan. Zbyt późno, by zrobić cokolwiek poza nadzieją, że są gotowi, gdy wiatr biczował ich i popychał, a ziemia dudniła synchronicznie z biciem ich serc.

HUK.

Za nim drzwi frontowe wyłamały się i wyleciały z zawiasów. Odbiły się i zagrzechotały wzdłuż ulicy, zanim w końcu spoczęły płasko.

Sam wyszedł na zewnątrz. E-Z obrócił krzesło w jego stronę, nie wierząc własnym oczom.

Sam założył kostium, a raczej kilka kostiumów, tworząc własną postać superbohatera. Na głowie miał rycerski hełm z podniesioną maską. Gdy poruszał się do przodu, maska opadała i musiał zatrzaskiwać ją z powrotem. Oczy miał pomalowane na czarno - tak jak gracze baseballowi, aby wyeliminować odblaski pod oczami. Jego klatka piersiowa była napompowana, jakby nosił kamizelkę kuloodporną pod koszulą, a za nim ciągnęła się długa czarna peleryna. W dolnej części miał na sobie czarne dżinsy i ulubioną parę butów do biegania.

Zespół superbohaterów starał się nie śmiać, gdy szedł obok nich, i zauważyli, że jego imię - SAM THE MAN - zostało wyszyte na materiale na jego ramionach.

Mała Dorrit zanurkowała i przerzuciła Brandy na plecy. Następnie Lachie wskoczył na plecy Baby i wystartował. Zerknął na dach. Małej Dorrit już tam nie było. Alfred i sowa poderwali się z dachu. Wszyscy wylądowali obok E-Z i reszty.

"Wszyscy za jednego!" - powiedzieli. "I jeden za wszystkich!"

"Ale gdzie jest mój Sobo?" zapytał Haruto.

Sobo wleciała mu na ramię i od razu wiedział, że to ona. Potem przemieniła się w swoją ludzką postać.

Drużyna dzieci widziała, jak Sam Wujek zmienia się w Sama Człowieka, a Sobo przekształca się z sowy w babcię, ale żadne z nich nie było tym poruszone.

Ponieważ pod ich stopami ziemia nadal DRUŻYŁA.

I THRUMMING.

Ale słowa się zmieniły.

"Furie już prawie tu są.

Furie są prawie tutaj.

Furie są prawie tutaj."

✳✳✳

E-Z i jego zespół patrzyli, jak ogromna fala piasku, niczym transatlantyk wpływający do portu, dryfuje w jego kierunku. Ale to coś przebiło się przez ulice, spłaszczając domy, drzewa i każdą żywą istotę na swojej drodze. I nie zwalniało.

Nie mieli wystarczająco dużo czasu, aby wystartować, poza tym byli oszołomieni ogromem tego czegoś. Zatrzymał się, a Furie zapanowały nad nimi, ich głosy krzyczały ze śmiechu, gdy po raz pierwszy spojrzały na swoich wrogów.

"Czy one w ogóle istnieją? zapytała Tisi. "Wyglądają jak miniaturowe laleczki, które tylko czekają, by je nadepnąć.

"Widzę, że mają smoka i jednorożca. I łabędzia. Ojej!" wrzasnęła Ali.

"Pamiętajcie, po co tu jesteśmy - powiedziała Meg. "A teraz zachowujcie się grzecznie, a ja zejdę na dół i porozmawiam z przywódcą. Jak on się nazywał?

"E-Zed - krzyknęła Tisi.

"E-Zed - zawołała Ali.

Razem powtarzali imię E-ZED, E-ZED, E-ZED."

"Nazywają cię E-Z", powiedziała Brandy, gdy ruszyła.

"Nie!" krzyknął E-Z. "Poczekaj na mój rozkaz! Ale było już za późno, Mała Dorrit i Brandy były już w locie, ale nie odleciały daleko, znajdując miejsce na dachu.

E-Z i reszta drużyny utrzymali pozycję.

"Na co oni czekają?" zapytał Sam.

Charles powiedział: "Mają nadzieję, że ich odór wykona za nich robotę. Uśmiechnął się i wszyscy się roześmiali. Wszyscy oprócz Sobo, która przemieniła się z powrotem w sowę i poleciała na dach razem z Brandy i Little Dorrit.

Furie, które miały doskonały słuch, plan i zamierzały go zrealizować, nie były zadowolone z bycia obiektem żartów superbohaterów i jedna po drugiej wzbiły się w powietrze. W miarę jak się zbliżały, smród narastał, a ich czarne szaty trzepotały na wietrze.

"Łapcie! zawołał Lachie, rzucając szpilki do ubrań każdemu członkowi drużyny.

Już nie tak śmierdzące czarownice podleciały bliżej, aby dzieci na dole mogły zobaczyć je bardziej szczegółowo. Na żywo były większe niż życie, dosłownie, z powodu węży, które ślizgały się po ich ciałach. Wężom plującym rozwidlonym językiem towarzyszył dźwięk pękających biczów w wyjątkowym pokazie wojny psychologicznej.

To Meg, zgodnie z pierwotnym planem, przełamała lody, krzycząc: "Gdzie jest Eriel? Wiemy, że go macie! Dajcie go nam, TERAZ."

Wysoki dźwięk jej wrzeszczącego głosu sprawił, że dzieci zakryły uszy, a przedmioty wykonane ze szkła, takie jak latarnie uliczne, lampy werandowe, okna, a nawet szkło w szafkach, roztrzaskały się na wiele mil.

Kiedy był pewien, że Meg już nie mówi (ponieważ jej usta były zamknięte), E-Z odpowiedział: "Jest tam, gdzie trzymani są zdrajcy. Więc teraz możecie wczołgać się z powrotem do tej dziury, z której wyczołgaliście się we trójkę!". A kiedy skończył mówić, jego statek podniósł się z ziemi, a za nim Alfred, Sobo, Mała Dorrit i Brandy Baby z Lachie na pokładzie.

"To jest nasze terytorium. To są nasi ludzie, a wy nie macie tu nic do roboty. W rzeczywistości, nie masz żadnego interesu tutaj na ziemi. Nigdy nie miałeś. Nie należysz tutaj", powiedział E-Z. "I jesteśmy zmęczeni waszymi manipulacjami. Przesadziłeś. Nadużyłeś swoich mocy. Jesteś podły. I sprawimy, że za to odpowiesz".

"Co taki mały chłopiec jak ty może nam zrobić? zawołała Tisi, która wprowadziła się obok Meg - "przejechać nas?".

Jej śmiech wypełnił powietrze, powodując, że ziemia pod stopami reszty drużyny rozpadła się na szczeliny. Lia, Haruto, Charles i Sam skulili się między szczelinami dla bezpieczeństwa.

Meg dołączyła do zabawy w przezywanie: "Może łabędź będzie nas łaskotał na śmierć? Oczywiście, możemy go oskubać i zjeść na lunch!".

Nielatający członkowie zespołu skulili się jeszcze ciaśniej. Haruto, który mógł się obrócić, był zbyt przerażony, by się ruszyć. Trzymał się z dala od otwartych szczelin w ziemi, które groziły ich pochłonięciem.

"A ty mała dziewczynko - powiedziała Alli do Lii. "Próbowaliśmy stopić cię w słońcu. Tym razem udało ci się uciec. Ale co zrobisz nam teraz? Będziesz wpatrywać się w nas swoimi dłońmi i zmienisz nas w posągi?

Furie znów wrzasnęły ze śmiechu, podczas gdy ziemia pod nimi skurczyła się, jakby próbowała coś urodzić.

"Teraz się nudzicie - powiedziała Meg.

Pozostałe dwie siostry były niezwykle ciche, jakby nie były pewne, jaki powinien być ich następny ruch.

"Meg podleciała trochę bliżej E-Z, z rękami na biodrach: - Tracimy tu czas! Nie przyszliśmy dziś z tobą walczyć. Nie bez naszego przywódcy. Chcemy tylko wiedzieć, gdzie on jest? Pozwólcie mu odejść. Wypuśćcie go - teraz. A my zachowamy bitwę na inny dzień".

"Chciałbyś tego, prawda!" krzyknął Alfred.

Co doprowadziło Alli do szału.

"Chodź do mnie, mały łabędziu. Kociołek czeka na ciebie - ty pierzasty dziwaku!"

"To łabędź, nie gęś, idioto!" powiedziała Brandy, kierując Małą Dorrit w jej stronę.

E-Z zadowolony z odwrócenia uwagi otrzymał SMS-a od PJ i Ardena i dał Haruto sygnał kciukiem w górę.

Haruto stał się niewidzialny i pobiegł szybciej niż szybko do szpitala, gdzie spotkał się z PJ i Ardenem, którzy już czekali w grze. Teraz każdy z nich dokonał zabójstwa. Kiedy Haruto dotarł na miejsce, dokonali jeszcze dwóch zabójstw.

Chciwość Furii na więcej dziecięcych dusz, wysłała ich esencje do gry.

"Mamy cię!" zawołały trzy boginie.

"Teraz!" krzyknął PJ, gdy Arden nacisnął SAVE na USB, a gdy został zapisany, nacisnął EJECT. Zamknął USB taśmą maskującą, a następnie włożył je do hermetycznej torby.

"Zabierz to do E-Z!" powiedział Arden.

Haruto pojawił się na ziemi, zasygnalizował babci, która chwyciła USB w dziób i zaniosła do E-Z.

PJ napisał. "Esencje Furii są w USB."

E-Z włożył USB bezpiecznie do kieszeni dżinsów, a gdy następnym razem spojrzał na Furie, widok w okularach Raphaela zmienił się. Ciała trzech sióstr pojawiały się i znikały, ale węże nie. Wtedy zdał sobie sprawę, co było ich piętą achillesową. "Węże utrzymują je przy życiu!" krzyknął. "Musimy zlikwidować węże.

Brandy była już wystarczająco blisko, by uderzyć Alli. Niestety, była też na tyle blisko, że wąż Alli mógł ją ukąsić - co też zrobił. Przewróciła się, a Mała Dorrit wystartowała, ale było już za późno, Brandy już nie żyła.

"Zabierzcie ją stąd!" krzyknął E-Z, a Mała Dorrit wzbiła się w niebo, szlochając.

"Nic jej nie będzie - powiedział E-Z.

"Nie myśl tak - zaśmiała się Alli. "Nasze węże nie są z tego świata. Jeśli ugryzie cię jeden z nich, bez względu na to, jakie masz moce, nie zadziałają. Ale zostaniemy i poczekamy, jeśli chcesz. A kiedy nie wróci - rozwalimy resztę twojej drużyny na kawałki!"

"Wy suki!" wykrzyknął E-Z.

Sobo wkroczyła do akcji, atakując i wyciągając oczy węża jedno po drugim i upuszczając je na ziemię. Kiedy skończyła z Alli, zajęła się Meg, a potem Tisi. Kiedy skończyła swoje zadanie, babcia była zbyt wyczerpana, by zrobić cokolwiek poza wylądowaniem obok wnuka i powrotem do swojej ludzkiej postaci.

"Ale Sobo," powiedział Haruto, "ja też chcę walczyć."

"Pozwól im zrobić resztę," powiedziała. "Jestem zbyt zmęczona, by cię nieść.

Sobo i Haruto patrzyli, jak reszta drużyny wykańcza węże.

Furie otwierały i zamykały usta, ale nie wydobywał się z nich żaden dźwięk. Poza tym, że nie miały głosu i gasły, ich ciała próbowały utrzymać się na powierzchni, podczas gdy krew w ich żyłach kapała.

Wózek inwalidzki E-Z poruszał się pod nimi, łapiąc krople i mieszając krew Furii z innymi próbkami, które zebrał.

"Nie żyją - potwierdził E-Z, gdy puste szaty Furii unosiły się niczym czarne duchy w kierunku ziemi.

Ale to jeszcze nie był koniec.

✳✳✳

Za E-Z piaskowa fala podniosła głowę i widząc wokół siebie przekłute oczy - oczy wszystkich swoich dzieci - ta matka wszystkich węży powoli ożyła.

Sam, który pierwszy zauważył ruch, krzyknął: "Uważaj E-Z!", a kiedy nie usłyszał jego wołania, Lia, Charles, Haruto i Sobo dołączyli do niego.

Lachie usłyszał ich krzyki i zobaczył węża, który pomknął w kierunku E-Z. Spojrzał w oczy węża i powiedział: "NIE!".

Na sekundę lub dwie matka węża przestała się poruszać i wyglądało na to, że usłyszała i zrozumiała polecenie Lachiego, po czym zauważył błysk w jej oku. "Duck E-Z!" zawołał, a Baby otworzył usta i wystrzelił ogień w kierunku E-Z i matki węża.

Włosy E-Z stanęły w płomieniach, a on je ugasił, po czym jego krzesło upadło na ziemię.

Baby nadal pluł ogniem w gigantycznego węża-matkę, dopóki nie spalił się na popiół. Zamiast smrodu, który wytwarzały Furie, powietrze wypełniło się smakowitym zapachem kurczaka, jaki można znaleźć na każdym przydomowym grillu.

"Dzięki Baby i wszystkim - powiedział E-Z, przeczesując palcami środek włosów. Część przypominająca włosie została usunięta.

"Odrosną - powiedział Sam, gdy ziemia pod ich stopami znów zaczęła się trząść.

THRUM

I DRUM

Wózek inwalidzki E-Z z własnej woli podniósł się z ziemi i zaczął spuszczać krople krwi do kraterów, które otworzyły się w ziemi.

"Co się dzieje?" zapytał Alfred.

Pod nim jego wózek inwalidzki nadal krwawił, przerzucając go z miejsca na miejsce. "Mała kropelka tu i mała kropelka tam", wyrecytował w myślach. Na ziemi jego zespół wypowiadał te same słowa, które krążyły w jego głowie: "mała kropelka tu i mała kropelka tam", a potem razem dokończyli wiersz: "mała kropelka, wszędzie", a potem zaczęli od nowa. Potrząsnął głową... czy oni wszyscy czytali w jego myślach?

Pod ich stopami ziemia nadal się poruszała.

DUDNIENIE

DUDNIENIE.

KONWULSJA.

SKURCZ.

Lia podniosła się z ziemi, otwierając ramiona tak szeroko, jak tylko mogła, z głową odchyloną do tyłu i oczami skierowanymi w niebo. A nad nią niebo się rozdarło. Zaczął padać deszcz, ale gdy uderzył o chodnik, plamy stały się czerwone. Niebo płakało krwawymi łzami, a Lia kołysała się i skręcała w powietrzu jak pozbawiona sznurka marionetka.

Pozostali, nie licząc Baby i Lachie, pobiegli na werandę, aby uciec przed krwawymi opadami, nie mogąc nic zrobić z Lią, która wciąż była zawieszona i w transie.

"Upewnimy się, że nie spadnie - powiedział E-Z - reszta z was niech się ukryje.

PULSOWANIE.

PCHANIE.

Potem pojawiła się błyskawica.

Po niej nastąpił grzmot.

Archanioł Michał przebił się przez barierę i poleciał w dół, aż znalazł się blisko E-Z.

"Rozumiem, że masz sytuację pod kontrolą, powiedział Michael.

"Tak, esencje Furii są w tym USB.

"Rzuć mi go - powiedział Michael.

Jakby rzucał piłką baseballową do drugiej bazy, E-Z wystrzelił USB w kierunku Michaela, który wyciągnął rękę, złapał go i zamknął w lodzie. "Ja, Eriel, będę miał towarzystwo - powiedział Michael. "Wszyscy pozostaną w lodzie do końca wieczności. A tak przy okazji, dobra robota!". Następnie odleciał tak szybko, jak się pojawił.

"A co z Lią?" krzyknął E-Z, ale Michael nie odpowiedział.

Ziemia zaczęła pulsować i skręcać się, mimo że Furii już na niej nie było, a krew nie płynęła już z nieba ani z jego wózka inwalidzkiego.

Lia wciąż unosiła się ze wzrokiem skierowanym na niebo, które zmieniło się z krwawych łez w błękit, a pod ich stopami kratery ziemi zostały uzdrowione trawą, drzewami i kwiatami.

Potem wszystko ucichło, a Lia, wciąż w transie, opadła z powrotem na ziemię. Leżąc na ziemi, z wciąż szeroko otwartymi ramionami, poczuła trawę na plecach i uśmiechnęła się z wyczerpania, gdy zmniejszyła się i wróciła do swojego prawdziwego wieku, który wynosił dziewięć i pół roku.

"Wszystko w porządku? zapytał E-Z, gdy lis, sójka, szop, kardynał i jeleń zebrali się wokół niej.

Lia otworzyła oczy i zaczęła widzieć. Spojrzała na swoje dłonie, które wyglądały jak dawniej.

"Nic mi nie jest - powiedziała, gdy Lachie pomógł jej wstać.

Sam od razu zauważył, że ubrania jego córki już na nią nie pasują. Zdjął swoją pelerynę superbohatera i owinął ją wokół jej ramion.

"Dzięki tato - powiedziała Lia.

To był pierwszy raz, kiedy go tak nazwała, a on nigdy nie czuł się tak dumny, jak wtedy, gdy łza spłynęła mu po policzku.

✳✳✳

Błękit na niebie wydawał się jaśniejszy, jakby gwiazdy mrugały oczami, mimo że był dzień, a trawa na ziemi zdawała się tańczyć w promieniach słońca, jakby zawierała diamentową rosę.

Ani E-Z, ani nikt z jego zespołu nie mógł się odezwać. Nikt nie chciał przerywać ciszy ani zakłócać piękna, którego byli świadkami.

SZEPT.

SZEPT SZEPT.

SZEPCZĄCE SZEPTY.

Liście powiewające na wietrze. Wydawały dźwięk podobny do ludzkiego. Ale to nie był wiatr, to był głos odradzających się dzieci na całym świecie.

Ci, którzy zostali porwani przez Furie, wypchnęli swoje ciała z ziemi i odkryli, że ich głosy powróciły.

Dzieci ponownie nauczyły się chodzić, biegać lub raczkować, a ich krzyki odbijały się echem na całym świecie:

"Chcę do mamy!" krzyczały odrodzone, ale pozbawione duszy ciała dzieci.

"Chcę mojego tatusia!" te zmartwychwstałe dzieci wołały jednym głosem:

"WAH, WAH, WAH!"

"WAH, WAH, WAH!"

"WAH, WAH, WAH!"

Bezduszne maluchy poruszały się na krawędziach, podróżując do miejsc, ich ruchy były szybsze niż prędkość światła, gdy nadal zawodziły:

"Chcę do mamy!"

"Chcę mojego tatusia!"

"WAH, WAH, WAH!"

"WAH, WAH, WAH!"

"WAH, WAH, WAH!"

W Dolinie Śmierci, gdzie trzymano i przechowywano Łapaczy Dusz,

POP

POP

Drzwi otworzyły się jak ramiona, a dusze wyszły, szukając ciał, w których nadal powinny być i podążały za krzykami dzieci.

"Chcę do mamy!"

"Chcę mojego tatusia!"

"WAH, WAH, WAH!"

"WAH, WAH, WAH!"

"WAH, WAH, WAH!"

Dusze latały od dziecka do dziecka. Szukały domu, do którego należały. To było jak oglądanie dzieci grających w berka, gdy każda dusza natrafiała i wchodziła do ciała, w którym się urodziła. Gdy dusze i ciała znów stały się jednością.

SHHHHHHH.

Przez chwilę maluchy znów były szczęśliwymi dziećmi, a dźwięki zachwytu wypełniały powietrze.

Z powrotem w Dolinie Śmierci, Hadz i Reiki przekierowali bezdomne dusze na całym świecie, które ukrywały się, ponieważ nie miały własnych Łapaczy Dusz. Jedna po drugiej, dusze wchodziły i ziemia zaczęła się uzdrawiać.

Samantha wyszła z domu, niosąc swoje dzieci Jacka i Jill w ramionach, śpiewając im cicho: "Cicho, maleńka, nie płacz".

POP.

POP.

Pojawili się Hadz i Reiki: "Udało nam się!".

E-Z i jego zespół rzucili się sobie w ramiona. Płakali, śmiali się. Potem płakali ponownie, z powodu utraty jednego z członków drużyny. Z powodu straty jednego z nich: Brandy.

Zadzwonił telefon Lii. To była wiadomość od Brandy: "Dotarłam do centrum handlowego - znowu! Mam nadzieję, że wszyscy są cali i pokonaliśmy te wiedźmy!".

"Brandy żyje! wyjaśniła Lia, po czym odpisała: "Na pewno nam się udało! Później opowiem ci o szczegółach".

"AHRHHHRGHH!" krzyknął Charles Dickens. Jego ciało trzęsło się i drżało. Kiedy przestał, był w transsie, z twarzą bez wyrazu i wyciągniętymi dłońmi skierowanymi do góry.

"Czy on ma moje oczy?" zapytała Lia.

Gdy książka - największy tom w twardej oprawie, jaki kiedykolwiek widzieli - spadła z nieba i wylądowała w ramionach Charlesa, jej siła niemal zwaliła go z nóg. Charles ustabilizował się, gdy masywna książka otworzyła się, przewracając własne strony, aż rozległ się głos z jej wnętrza:

"Jestem Dziennikiem podróży po alternatywnych światach".

Chociaż głos dochodził z wnętrza książki, usta Charlesa Dickensa poruszały się synchronicznie z każdym słowem, podczas gdy w tle wciąż rozbrzmiewały krzyki dzieci:

"WAH, WAH, WAH!"

"WAH, WAH, WAH!"

"WAH, WAH, WAH!"

"Chcę do mamy!"

"Chcę mojego tatusia!"

"WAH, WAH, WAH!"

"WAH, WAH, WAH!"

"WAH, WAH, WAH!"

"Jestem głodny!"

"Chce mi się pić!"

Dzieci, które kiedyś mieszkały najbliżej domu E-Z, maszerowały ramię w ramię w jego kierunku.

"Usłyszcie mnie!" Solilokwium z podróży po alternatywnych światach.

"To jest jednorazowa oferta.

Jeśli zostaniesz wybrany, musisz dokonać wyboru.

Tylko raz, wygrasz lub przegrasz.

Nie pozwól, by ta okazja uciekła.

Bo nie powtórzy się ona żadnego innego dnia".

Strony przewróciły się do przodu, potem do tyłu. Do przodu i z powrotem. Przewracanie zatrzymało się na rozdziale. Rozdział zatytułowany Alfred. Były tam jego zdjęcia z rodziną. Wszyscy byli starsi. Wszyscy zdrowi i w dobrej kondycji. Na zdjęciach nie był już Alfredem jako łabędź trębacz. Był Alfredem ojcem, mężem, mężczyzną.

Ze łzami w oczach Alfred spojrzał na E-Z. Ich wspólne spojrzenie mówiło wszystko. Musiał odejść. E-Z skinął głową.

Następnie Alfred zwrócił się do Lii. Ona również skinęła głową, wiedząc, że musi odejść.

Alfred, łabędź-trębacz, wkroczył do rozdziału noszącego jego imię i przemienił się z powrotem w mężczyznę. Ze stron "Dziennika podróży po alternatywnych światach" pomachał do swoich przyjaciół.

Teraz strony "Dziennika podróży po alternatywnych światach" powróciły do początku książki. Strony tasowały się w kółko, do przodu i do tyłu, do tyłu i do przodu, aż w końcu zatrzymały się na nowym rozdziale. Rozdziale nazwanym imieniem Lachie.

Na zdjęciu Lachie był niemowlęciem. Jego rodzice zabierali go ze szpitala do domu. Niemowlę na zdjęciu nosiło szpitalną bransoletkę, która zdradzała, że Lachie naprawdę ma na imię Andrew.

"Nie, dziękuję" - powiedział Lachie. "Dziecko i ja wkrótce wrócimy do domu".

Dziennik podróży po alternatywnych światach zatrzasnął się z taką siłą, że Charles prawie się przewrócił. Otrząsnął się, a chwilę później książka zaczęła się przewracać. Do tyłu, do przodu. Tasował strony jak talię kart, aż wylądował na rozdziale zatytułowanym Haruto. Na zdjęciu był ze swoją matką i ojcem.

"Nie, dziękuję - powiedział natychmiast Haruto. Wziął Sobo za rękę i powiedział do Lachiego: "Masz coś przeciwko podrzuceniu nas do Japonii w drodze do domu?".

Lachie przytaknął: "Cieszę się z towarzystwa".

Tym razem płomienie wystrzeliły z książki przed jej zamknięciem, a Charles prawie ją upuścił.

Krzyki dzieci nie ustawały, stawały się coraz głośniejsze, gdy zbliżali się do domu E-Z:

"Chcę do mamy!"

"Chcę do taty!"

"Jestem głodny!"

"Chce mi się pić!"

"WAH, WAH, WAH!"

"WAH, WAH, WAH!"

"WAH, WAH, WAH!"

Charles zamknął oczy.

"Czy to wszystko? zapytał E-Z.

"A co z nami?" zapytała Lia.

Ramiona Charlesa zaczęły się trząść. Jakby ciężar książki naciskał na jego ramiona. Potem książka zatrzasnęła się z taką intensywnością, że potknął się i usiadł. Skrzyżował nogi i przytulił książkę do piersi.

Otworzył ją ponownie, podobnie jak oczy Charlesa, a strony znów poruszyły się jak trawa morska na dnie oceanu. Zatrzasnęła się ponownie. Następnie przewróciła się na grzbiet. W środku książki pojawiła się ramka. Na początku była pusta, jakby na coś czekała. Potem zamigotała i rozpoczął się film.

Na Dodger Stadium rozpoczął się mecz baseballowy. Dodgersi grali z Brewersami. E-Z Dickens był łapaczem. Stał za tablicą i grał jak zawodowiec. Na trybunach byli jego rodzice, tuż nad ziemianką, dopingując go.

ZIEMIA PAUZA.

Na kilka sekund światło słoneczne zostało zablokowane, gdy Ophaniel pojawiła się na niebie i ruszyła w ich stronę.

"E-Z, chciałam ci tylko powiedzieć, zanim podejmiesz decyzję, że cokolwiek zdecydujesz się zrobić lub nie, będzie miało konsekwencje dla innych.

"Jakie?" zapytał, nie odrywając wzroku od oprawionej wersji siebie i swoich rodziców, mimo że już się w niej nie poruszali.

"Pomyśl o wypadku... co by się nie wydarzyło na świecie, gdyby twoi rodzice nigdy nie zginęli? Gdybyś nigdy nie stracił władzy w nogach?"

Spojrzał w kierunku wujka Sama, a potem na Samantę, Lię i bliźniaczki. Gdyby nie wypadek, żadne z nich by się nie spotkało. Bliźnięta nigdy by się nie urodziły.

"Jeśli zdecyduję się spełnić swoje marzenie, co się stanie tutaj?

"To ryzyko, które musiałabyś podjąć i odpowiedź, której nie mogę ci udzielić. Ale wiem jedno, jesteś katalizatorem i spoiwem".

"Dobrze, dzięki, że mi to powiedziałeś.

WZNOWIENIE ZIEMSKIE

Ophaniel odszedł.

"Nie, dziękuję - powiedział E-Z.

Patrzył, jak on i jego rodzice znikają. Ekran stał się pusty. Ramka zniknęła, a książka zaczęła się unosić. W górę, w górę, z ramion Charlesa.

Charles stał tak, jakby wciąż ją trzymał. Gapił się przed siebie na nic.

Kiedy książka znalazła się daleko nad nimi, stanęła w płomieniach. Skwierczała i cuchnęła, zanim jej resztki stały się na tyle małe, że uniósł je wiatr. I nie było już "Dziennika podróży po alternatywnych światach".

Charles wrócił do siebie, gdy dzieci masowo przybyły na ulicę E-Z.

"Chcę do mamy!"

"Chcę do taty!"

"Jestem głodny!"

"Chce mi się pić!"

"WAH, WAH, WAH!"

"WAH, WAH, WAH!"

"WAH, WAH, WAH!"

"Czy mogę opowiedzieć im historię?" zapytał Charles.

"Nie zaszkodzi - powiedziała Lia.

Charles zaczął opowiadać bajkę o Trzech Głazach. Dzieci przestały się ruszać, przestały płakać, wsłuchując się w każde jego słowo - aż w końcu nagle się zatrzymał.

"Och, kłopot!" zawołał, zauważając, że każda jego część zanika i zanika, jakby ziemia miała trudności z nadawaniem jego sygnału.

"Zaczekaj!" powiedział E-Z. "Masz jakąś radę dla kolegi pisarza?

"Są książki, w których grzbiety i okładki są najlepszymi częściami - nie pozwól, aby twoja była jedną z nich. Będę za wami tęsknił!"

Niektórzy twierdzą, że dokładnie w tym momencie spadł promień światła, podniósł go z ziemi i uniósł Charlesa Dickensa w niebo. Niektórzy twierdzą, że odjechał na Małej Dorrit i nigdy więcej ich nie widziano. Jedyne, co wiedzieli na pewno, to to, że Charles Dickens opuścił ich tego dnia i nigdy więcej go nie widziano.

"WAH, WAH, WAH!"

"WAH, WAH, WAH!"

"WAH, WAH, WAH!"

FIZZLE POP

Pojawił się Łapacz Dusz. Otworzył drzwi i wystrzelił petardy w powietrze.

Niektóre dzieci przestraszyły się hałasu, a niektóre go pokochały, ale we wszystkich przypadkach przestały płakać.

Gdy wystrzelił kolory w powietrze, stopiły się razem, aby powiedzieć, co następuje:

WYJDŹCIE, WYJDŹCIE

GDZIEKOLWIEK JESTEŚ!

"Czego on chce?" zapytał E-Z. "A może powinienem powiedzieć, KTO tego chce?

"Czy to ja?" zapytał Sobo.

"Nie, to dla mnie - odpowiedział głos za nimi. Był to głos Rosalie.

Wszyscy odwrócili się w stronę czegoś, spodziewając się zobaczyć ducha lub ducha, ale to, co zobaczyli, nie było żadną z tych dwóch rzeczy. To była esencja Rosalie... to wszystko, co wiedzieli.

"Żegnaj, droga Rosalie!" zawołał Sobo.

To było całkiem niezłe pożegnanie dla esencji drogiej Rosalie, z E-Z i jego zespołem krzyczącym, machającym, rzucającym pocałunkami i wiwatującym na jej cześć. To była prawdziwa celebracja wszystkiego, co dla nich znaczyła, gdy ich drodzy przyjaciele weszli do jej Łapacza Dusz i odlecieli.

Teraz, gdy Charlesa już nie było, dzieci wznowiły swoje okrzyki,

"WAH, WAH, WAH!"

"WAH, WAH, WAH!"

"WAH, WAH, WAH!"

W tle pojawił się nowy dźwięk. Odgłos stóp, wielu stóp, biegnących - szybko.

Gdy wpadły na ulicę E-Z, mamusie i tatusiowie oraz dzieci połączyli się ze swoimi ukochanymi, a to zjednoczenie nastąpiło na całej ziemi.

"Brawo!" powiedział E-Z do swojego zespołu.

Pomachali na pożegnanie, gdy Lachie, Baby, Haruto i Sobo odlecieli.

Teraz pozostali tylko E-Z i Lia.

ZAP!

Pojawił się pierwszy Poppet.

BONJOUR!

Za nim podążył Francois.

"Ach, spóźniliśmy się", powiedział. "Wszystko przegapiliśmy!"

Z wnętrza domu słychać było krzyki Samanty. "O nie, coś się dzieje z dziećmi!".

Wszyscy wbiegli do pokoju dziecięcego. Jack i Jill spali spokojnie.

Sam objął żonę ramieniem. "Dla mnie wyglądają w porządku - wyszeptał.

"Ale nie są w porządku!" powiedziała Samanta.

"Wszystko będzie dobrze - powiedział Sam.

"Dla mnie też wyglądają dobrze - powiedział E-Z.

"Po prostu poczekaj - powiedziała Samanta. "Poczekaj, a zobaczysz. Nie płakałabym, gdyby nie... - zachwiała się i zachwiała, jakby miała upaść.

Wszyscy patrzyli i czekali. Przez dziesięć, piętnaście, dwadzieścia, a nawet trzydzieści minut nic się nie działo.

Aż nagle coś się wydarzyło.

Żółte i zielone światło emanowało z maleńkich ciał Jacka i Jill.

"Hadz? Reiki?" wykrzyknął E-Z.

POP.

POP.

Jack i Jill usiedli, tak jak potrafiłyby to zrobić starsze dzieci. Czego Jack i Jill jeszcze nie potrafili.

Samantha zemdlała, a Sam ją złapał.

"Co wy do cholery robicie?" zażądał E-Z. "Wynoście się stamtąd - natychmiast!

Hadz powiedział: "W nagrodę poprosiliśmy o bycie ludźmi".

"Reiki powiedziała: "I potrzebowaliśmy ciał".

"O bracie - powiedział E-Z, gdy rozległo się pukanie do frontowych drzwi.

"Jest ktoś w domu?" zapytali PJ i Arden.

EPILOG

E-Z wpisał słowa: THE END. Zadowolony z ukończenia serii czterech książek, zamknął laptopa.

"Pospiesz się E-Z!" krzyknął mężczyzna za nim.

E-Z ściągnął maskę łapacza i rozejrzał się. Był za tablicą, łapiąc dla Los Angeles Dodgers. Sędzia szczotkował talerz. Wstał i udał się do ziemianki, ponieważ był ostatnim graczem poza boiskiem.

Rozpoznał kilku zawodników, gdy ruszył wzdłuż ziemianki, podążając tuż za nimi.

Przeczesał palcami włosy, które były blond. Były krótsze i lepiej ścięte niż kiedykolwiek wcześniej. I był wyższy, zdecydowanie ponad 6 stóp i 5 centymetrów.

Co się do cholery działo? Czy on spał? Uszczypnął się. Zabolało.

"Jesteś na pokładzie, E-Z! - krzyknął trener mrugnięć.

Znalazł monitor i sprawdził swoje odbicie. Spojrzał na siebie, jakby był kimś obcym.

"Ziemia do E-Z," powiedział jego trener.

"Przepraszam, trenerze - powiedział E-Z, kierując się w stronę hangaru ze sprzętem. Jego kij był oznaczony, podobnie jak reszta sprzętu. Założył go i wszedł do koła startowego.

Poprawił ochraniacze na łokcie, a następnie przygotował się do pierwszego rzutu. Wraz z kolegą z drużyny przy talerzu, wykonał kilka próbnych zamachów. Gdy czekał, jego uwagę przykuł ruch na trybunach za ziemianką. Jego matka i ojciec.

"Dalej, bierz ich synu!" krzyknął jego tata.

Dał rodzicom kciuka w górę, a następnie obserwował, jak jego kolega z drużyny singlował i bezpiecznie dotarł do pierwszej bazy.

E-Z wszedł na pole pałkarza, wezwał czas, wyszedł z powrotem i wziął kilka głębokich oddechów.

Weź się w garść, powiedział sobie. Nie chcę zawieść drużyny. Skup się. Skoncentruj się.

Podniósł rękę, aby dać znać sędziemu, że jest gotowy, po czym wrócił na boisko.

"Dalej E-Z!" zawołała jego matka.

Skoncentrował się i patrzył, jak mija pierwsze boisko. Prawdopodobnie ponad sto mil na godzinę. Przygotował się do drugiej piłki. Zamachnął się i spudłował. Jego kolega z drużyny ukradł bazę i bezpiecznie wylądował na drugiej.

To za dużo. Nie jestem gotowy. Muszę się obudzić. Muszę się obudzić - TERAZ.

Drugie boisko przeleciało obok. Zamachnął się, ale nie trafił. Nadeszło trzecie boisko, a on się z nim połączył. Patrzył, jak jego kolega z drużyny próbuje dobiec do trzeciego, ale został wyrzucony. Prawie udało mu się dotrzeć do pierwszej na czas, ale druga drużyna wygrała podwójną grę. Z dwoma punktami, wrócił do ziemianki, by założyć swój sprzęt do łapania.

"Złapiesz je następnym razem!" - powiedział jego ojciec.

Nawet jeśli nie udało mu się zdobyć bazy, był w swoim śnie. Spełniał swoje marzenie. Ale jak? Odrzucił ofertę z Alternate Worlds Travelogue.

Zabierzcie mnie stąd! Nie chcę, żeby tak to wyglądało! Gdzie jest wujek Sam? Gdzie jest Lia? Gdzie są bliźniaki?

Jego głowa była wypełniona śmiechem, gdy spadał na ziemię i spadał dalej. Aż wylądował z hukiem na drewnianej podłodze, w chacie lub szałasie. W ciągu kilku sekund od lądowania, chata stanęła w płomieniach.

Po drugiej stronie pokoju siedziała mała dziewczynka. Na początku myślał, że to Lia, ale dziewczynka miała rude włosy. Próbował ją obudzić, ale ani drgnęła.

Za nim drzwi frontowe wyleciały z zawiasów. Do środka weszła ciemna, okryta całunem postać, wraz z krótszą zakapturzoną postacią. Razem wynieśli dziewczynę na zewnątrz.

"Pomóż mi!" zawołał.

"Pomóż sobie!" odezwał się kobiecy głos, wyższej z dwóch postaci, podczas gdy ściany wokół niego zaczęły się walić.

Był z powrotem na stadionie, na plecach na ziemi, patrząc w oczy swoich rodziców.

"Nic ci nie będzie", gruchali.

Podziękowania

Drodzy czytelnicy,

Cóż, dotarliśmy do końca serii E-Z Dickens. Mam nadzieję, że jej lektura sprawiła Wam tyle samo przyjemności, co mi jej pisanie.

Ponieważ byliście ze mną przez całą tę serię, moje ostatnie PODZIĘKOWANIE kieruję do Was, moich czytelników. Jesteście niesamowici!

Jak zawsze, miłej lektury!

Cathy

O autorze

Cathy mieszka i pisze w Ontario w Kanadzie z mężem, synem, kotem i psem.

Również przez

Wielokrotnie nagradzana autorka Cathy McGough
pisze w różnych gatunkach, a jej książki są dostępne
w wielu różnych językach, w tym:
KSIĄŻKI DLA DZIECI
i książki dla dorosłych.